關鍵44天
部桃抗疫經驗

目錄
contents

序

臺灣精準防疫
部桃清零典範

中央研究院院士、前副總統 陳建仁

COVID-19疫情影響全球人類，我國超前部署「精準防疫」對策，既未封城、也未普篩，藉著嚴密的疫調匡列，密切接觸者居家隔離與疫區入境者居家檢疫十四天，全民保持良好衛生習慣等措施，成功控制病毒的社區傳播。

根據牛津大學馬丁學院的Our World in Data數據，直到二〇二二年三月廿日，我國的防疫表現與卅八個OECD國家及新加坡比較，無論是累積COVID-19發生率、累積COVID-19死亡率、累積超額全死因死亡率，都遠低於OECD國家。臺灣排名都是COVID-19死亡或發生率最低的第一名或第二名，而且還是少數二〇二〇年GDP正成長超過百分之三的國家，防疫績效全球驚豔。雖然在防疫過程中，臺灣曾經發生數起群聚感染，所幸都處置得宜，成為防疫模範生。

二〇二一年一月發生的衛生福利部桃園醫院感染事件，透過中央、地方及民間各單位全心、全意、全力合作，讓桃園醫院的院內感染，遠比國外的醫院感染控制得宜，處理步調也相當緊湊，促使臺灣的社區防疫進階到2.0版，這要感謝五千多位民眾的密切配合，他們都是防疫成功的國民英雄。

在桃園醫院發生院內感染之初，我很擔心人力是否充足，結果證實「部桃事件」表現可圈可點。現在將整個「清零計畫」流程編撰成書，讓全世界各醫院遭遇院內感染，都可以學習到「部桃清零」的典範。

最後，我想告訴部桃所有同仁和全體民眾：「你們很棒，臺灣有你們真好！」

序

面對疫情挑戰 黑暗終將散去

桃園市長 鄭文燦

二〇一九年底COVID-19疫情爆發以來，臺灣守住邊境預防病毒擴散，讓人民得以有兩年多安居樂業、維持正常生活的日子。桃園身為國門，更是防疫的第一線，當時收治確診病例占全國超過四分之一，包括集中檢疫所、責任醫院使用率為全國最高，醫護人員、防疫同仁肩負重擔，十分辛苦，也承擔極大風險。身為市長，我有責任成為大家後盾，妥善指揮調度，讓第一線防疫夥伴沒有後顧之憂。在面對詭譎多變的疫情，市府防疫團隊戰戰兢兢絲毫不敢鬆懈，透過市府各局處努力，並整合市內醫療團隊、相關單位及全體市民齊心努力下，讓桃園克服一次又一次的疫情。

在疫情期間，衛生福利部桃園醫院全院同仁堅守崗位，站在第一線抵抗COVID-19病毒，收治許多確診病患。二〇二〇年一月桃園醫院發生院內感染事件，醫護人員及家人共有廿一名確診案例，中央流行疫情指揮中心立即啟動「部桃專案」，桃園也同步提升社區防疫等級，除配合匡列相關接觸者，也出動環境清潔稽查中隊、環保局防疫消毒大隊，執行全市車站、商圈、市場、醫院等三百六十處，進行全面大消毒工作。

COVID-19疫情瞬息萬變，醫護同仁飽受心理壓力，像是桃園醫院護理師葉佳燕等醫護同仁捨棄休息，犧牲與家人朋友相處時光，全心投入防疫工作，更自願搬進醫院提供的病房住宿，寫下醫護人員的典範。當時我深刻感受到那份勇敢與熱情，也寫信致上我最深的致意，感謝醫護同仁的付出。

在我們堅守國門之都，中央地方一起努力下，採取「四個即時」：即時疫調、即時採檢、即時隔離、即時消毒，盡全力將疫情控制在最小範圍。桃園醫院歷經四十多天的群聚感染危機，「清零計畫」採檢桃園醫院全體員工，檢驗結果全為陰性，顯現桃園醫院不僅成功將病毒排除在外，院內感染也順利控制於防火牆內，替民眾守住安全防線，在二〇二〇年二月十九日順利「復原啟動、防疫歸隊」。

我相信黑暗終將散去，辛苦總會結束，我們盼望的平安會來到。但疫情尚未平復，前方仍有許多未知挑戰，部桃事件的成功，背後有許多不為人知的故事，以及重大決策的關鍵，本書以平實字句、溫暖筆觸，完整收錄部桃事件從上到下、從內到外所歷經的千辛萬苦，除讓社會大眾更能親身感受醫護防疫決心，也可供未來疫情相關事件參考與借鏡。

序

謙卑面對病毒
疫情中見溫情

長庚兒童醫院名譽院長、衛生福利部前部長 林奏延

從二〇一九年全球傳出COVID-19疫情，到二〇二二年三月下旬，全球已有近四十七億人確診，並造成六百多萬人喪生，身為感染科醫師的我，從研究病毒、治療病人，到過去曾為衛生福利部部長、次長，在公部門擘畫執行衛生福利政策，每次疫情都站在第一線，面對病毒，我們要對大自然保持謙卑，才能在這顆美麗的地球上享受生命的美好。

COVID-19病毒肆虐並改變人類生活，人類一向自許為萬物之靈，但這個肉眼看不見的病毒，正徹底改變我們的生活。疫情起起伏伏，嚴重的時候，有的城市封城禁止外出，辦公室關閉改為居家辦公；許多人減少外食，盡量在家中煮食；學校清空變成線上教學；旅遊停頓機場幾乎成空城……。

雖然臺灣在這二年多發生了幾波的疫情感染，但臺灣在防疫的

表現是世界公認的模範生，主要歸功於二〇〇三年SARS慘痛經驗，痛定思痛，十三年磨一劍，修訂傳染病防治法、強化監視及通報系統、設置傳染病防治醫療網、強化院內感染防制措施、強化邊境檢疫量能，指揮中心疫情透明化並使用科技防疫，中央與地方通力合作，更重要的是高素質的民眾全力配合。

直到二〇二一年一月，離桃園機場很近的衛生福利部桃園醫院被病毒攻進，並發生醫師、護理師、醫護家屬與病患等廿一人感染事件，在當時引發矚目。最終不到兩個月，由中央流行疫情指揮中心、地方政府、桃園醫院等單位的攜手合作，將COVID-19病毒控制住。桃園醫院是我心目中最好的部立醫院，也是部立醫院的旗艦醫院，除了負擔公立醫院的使命外，在研究、教學也有非常傑出的表現。在COVID-19疫情期間，由於鄰近國門，收治確診病例占全國百分之廿，我相信這一段過程，是桃園醫院每位工作人員都刻骨銘心的經驗，很值得留下文字與照片，做為COVID-19防疫史的寶貴紀錄。

從這本書的內容，我們可以得知，醫護人員每天到醫院工作，必須花費許多時間穿脫俗稱「兔寶寶裝」的防護衣，擔心接觸病毒，可能連喝水或上廁所都不方便。也看到醫護人員怕傳染給家人，到集中檢疫所隔離或睡在醫院裡，他們流汗流淚的一面，我們也在這本書裡看見一二。

書中也窺見桃園醫院同仁患難見真情，像是醫護人員前往檢疫所隔離，還帶著電腦進去辦公，期望隨時瞭解醫院降載和清零計畫等事情。另外，擔心員工承受社會壓力可能產生有心理問題，彼此間下載歡唱APP一起唱歌，穩定彼此情緒，期望醫院復原後能再站上抗疫戰場打拚。我也由衷感佩徐永年院長利用各種場合、方式，溫馨地鼓舞同仁。

同時間，我們也看到有一位護理人員的家庭，因為這波疫情而有家庭成員感染；然而社會大眾給予桃園醫院是鼓勵多於責怪，加油打氣的物資不斷湧入，因為事件發生時正是冬天，甚至還有炸雞排老闆到醫院前直接炸熱騰騰的雞排送給員工，都可以讓人感受臺灣社會的溫暖與踏實。

雖然COVID-19病毒很可能會長久和人類共處，但應該會發展為類流感化，因為人們感染病毒後會產生自然感染抗體，現在也證明病毒演化為Omicron變異株，COVID-19病毒不會消失，但威力大為減弱。微生物包括細菌、病毒等，和人類的戰爭永遠不會停止，人類應用謙卑的心，做好各種準備，一定能戰勝各種病毒、細菌。

00

楔子

防疫鐵三角

——衛生福利部桃園醫院是國門的守護者

升級醫學中心 部桃員工想努力贏回來

群聚疫情 興建國家防疫大樓契機

部桃使命

衛生福利部桃園醫院數棟方正的建築，矗立在忙碌往返的桃園縱貫路中心點，水泥車、大貨車及客運車在這條路上川流不息，車上的人很難不多看桃園醫院一眼。隨著歲月更迭，它宛如這個臺灣工業重鎮的健康守護神，照顧著轄區內眾多臺灣勞工和外籍移工的使命不變。

到了桃園，在地人仍習慣叫桃園醫院：「省桃。」據說外地人搭客運或計程車若跟司機說：「請問有到部桃嗎？」或「我要去部桃！」可能會讓司機在第一時間反應不過來。網友則稱：「年輕人會叫它署桃。」也有網友說：「院內人士都自稱桃醫！」

這座創立於一九七九年的綜合教學醫院，總院設有六百廿床，二〇〇三年落成的

創立於1979年的衛生福利部桃園醫院，總院設有620床病床。

新屋分院則有兩百卅六床，它們為醫療貧乏的大桃園地區民眾提供醫學中心級的服務。

成功治癒臺灣首例COVID-19肺炎病患

其中，新屋分院設有負壓隔離病房，是傳染病指定防治醫院，再加上距離國門桃園國際機場最近，二〇二〇年一月廿一日受到全臺矚目的臺灣首例COVID-19肺炎病患—從武漢返國的女臺商，就是由桃園醫院新屋分院的醫護人員挑起擔子，將女臺商治療痊癒立下抗疫首功，並陸續治療全臺百分之廿的COVID-19肺炎病患。最值得稱道的是桃園醫院使用血漿置換術成功救回重症患者，更是全球首創！

其實，桃園醫院在省立醫院時代，亦即腎臟移植權威、臺大醫學院外科名譽教授李俊仁擔任桃園醫院院長時，就是省立醫院的醫學中心之一。

晉升為醫學中心，是衛生福利部桃園醫院的願景。

衛生福利部桃園醫院位於桃園縱貫路上，是當地民眾的健康守護神。

恢復身心內科　升級醫學中心

但是為什麼桃園醫院又被降級？原來在一九九九年，衛生署修改當時的醫院評鑑標準，規定醫學中心必須設置有身心內科才符合標準。由於桃園療養院就緊鄰桃園醫院，因此並未設有身心內科的桃園醫院，就在當年李澤田擔任院長時被降級為區域級醫院。

走在桃園醫院門診大樓一樓的走廊，可以看到一塊閃亮的牌子，上面寫著：「我們的願景、晉升為醫學中心」，而這個非戰之罪，一直讓部桃人耿耿於懷。

現任院長徐永年不諱言，部桃一九九九年從省立醫院改制為署立醫院那時候開始，「國家對部立醫院發展沒有投資。」當年的省長宋楚瑜曾將全臺省立醫院翻新，最大的一筆投資是醫療網三期計畫，第二期從一九九〇年到一九九五年，第三期是一九九五年到二〇〇〇年。

隨著原來規畫在二〇〇〇年實施的全民健康保險，

提早五年在一九九五年上路，從那時候開始歷時廿年間，部立醫院也逐漸被邊緣化。直到SARS疫情爆發，部立醫院應該有的重要角色，才被時任署長的李明亮重新想到並賦予定位。

當年公立醫院曾背負著歷史的宿命。徐永年還記得自己擔任臺中醫院院長時，公家醫院常被認為是個沒有效率的地方，詹啟賢署長任內時，大力推動法人化、民營化。「常聽聞臺中醫院哪一層又要租給中國醫藥大學附設醫院？哪一層又要賣給中山醫學大學？」徐永年自歎，這往往造成公立醫院的醫護人員士氣低落，沒有明天的感覺，但選舉結束後，政策又改變了。

徐永年在二〇〇九年底首度接任桃園醫院院長時，就曾對醫院夥伴們說：「我們從哪裡跌倒，就從哪裡站起來！」因此，他著手朝恢復部桃為醫學中心使命的第一件事，就是希望能增加五十床身心內科病床。這些年為了和桃療做區隔，徐永年也賦予部桃身心內科一個不一樣的任務。徐永年坦言：「但至今做得有點辛苦！」

他指出，臺灣有不少身心內科病患連帶有內外科問題。例如，「身心內科病患萬一骨折，受傷後是看骨科，開刀後來醒了怎麼辦？如果住在骨科病房，對不熟悉身心內科病人的骨科照護人員是大的壓力，住在內科病房，同樣壓力大或同時罹患肺炎怎麼辦？」徐永年強調，桃園醫院既然定位是綜合醫院的身心內科，就要有共同照護概

衛生福利部桃園醫院距離桃園國際機場很近，在疫情時代更顯重要。

念，由二至三名醫師共同照護病患，像身心內科病患這樣的情況會愈來愈多。

對綜合醫院身心內科病房的定位，徐永年這次有了更宏大的願景，他說：「此時如果不提出來，恐怕沒有更好的機會了。」

國家防疫大樓　迎戰新興傳染病

徐永年透露，桃園醫院其實可以趁這次防疫經驗，去設計建造國家級的「國家防疫大樓」。

他分析說：「桃園醫院位於機場的地理位置，未來還會遭遇類似的新興傳染病機會，也許是伊波拉病毒，又或者是席捲全球的COVID-19疫情，海峽對岸發生的事情完全無法預測，一定主要是先送桃園醫院總院或新屋分院，做初始的觀察，這是桃園醫院無法推辭也無可取代的責任。」而且國家應該要投資，如果沒有一間以防疫為主的設備與大樓，對國家來說，是一件很危險的事。

徐永年指出，從李明亮署長到現在的陳時中部長，他們都明瞭衛福部如果沒有一支衝鋒陷陣的防疫軍隊，以及足以對抗病毒的良好設施、設備防疫大樓，很可能當新興傳染病席捲而來時，防禦力量可能不足，「做為國家部隊的桃園醫院，既然是前鋒中的前鋒，為什麼不讓它擁有更好的設施？」好的訓練，加上好的設備才足以對抗病毒。

二〇〇三年國內爆發SARS（嚴重急性呼吸道症候群）疫情，當年的緊張氛圍，是醫界無法抹滅的夢魘。

徐永年也透露一段歷史。二〇〇三年，SARS那時候的某一次行政院院會中，主席要求臺灣各醫學中心支援收治SARS病患，結果許多醫學中心代表顧左右而言他。而臺北某私人醫學中心院長對三軍總醫院院長說：「因為你們是公家醫院，所以你們要承擔治療SARS病患的任務。」由於當時考量擔心三總負荷太大，才改由國軍松山醫院收治SARS病患。

這也是徐永年想要規畫國家防疫大樓的初衷之一。

國家任務角色　要當前鋒中的前鋒

徐永年分享了一樁COVID-19的幕後花絮，更堅定了他想興建國家防疫大樓的信念。

在這次疫情於二〇二〇年剛爆發時，一天晚間，陳時中部長打電話給徐永年說：「這次可能很麻煩！」因為當時在龜山區的護理之家有護理師確診，陳時中要求桃園醫院派兩位醫師、兩位護理師及醫檢師來支援。陳時中同時也請林口長庚醫院派員，但林口長庚是派住院醫師；桃園醫院則是派主任級醫師。而那天晚上十二點，桃園醫院就將相關確診者採檢完畢，檢驗科也深夜待命加班，到了隔天凌晨五點，部桃的報告就出爐了。林口長庚的報告到隔天早上十點才出爐。

曾經有某位醫師開玩笑地對徐永年說，他們醫院有十五位感染科醫師；但部桃只有四位感染科醫師，還要負責大大小小的事情。「像我們這類有國家任務的嫡系醫院，就是百分之一百廿配合！」徐永年坦言。

國家防疫大樓願景　規畫四百床

根據建築師為部桃國家防疫大樓擘劃的新建築，樓高十四層，地下為四層，預計規模為四百床（不含宿舍）。

衛生福利部桃園醫院在COVID-19肺炎蔓延全球之初，就開設了防疫門診。

徐永年的想法是，一家醫學中心級的醫院最好要一千床以上，因為醫院的形成，除了硬體設備，各科人力要夠而且平均，這樣一旦有疫情襲來時，可以互相支援，彼此合作時才不會左支右絀。

而現今有的規模不容易延攬到足夠的專科醫師，當床數足夠時，就可以找更多的專科醫師來。公立醫院平常也可以經營服務民眾，但當國家有任務要執行，公立醫院就要像先鋒部隊一樣立刻出動，養兵千日用在一時，馬上可以出動足夠且訓練完整的醫護人力收容治療病患。

部桃國家防疫大樓原來的規畫，頂樓是設有舉辦醫學研討會很需要的國際會議中心，不過被徐永年否決了。他強調，「應該負壓病房和重症病房，都要設在這棟大樓的頂樓，如此一來，可以不用經過太多管線直接排氣。」

第二是，徐永年認為，當任何的新興疾病入

在COVID-19肺炎疫情發生後，許多民眾前往醫院進行篩檢，有人還身著透明塑膠防護罩。

侵，為了要觀察、瞭解與研究，可能需要設計可以讓醫護人員可全面性觀察的負壓隔離病房和手術室，最好四面透明，甚至可以示範開刀，這和許多醫療影集或電影的場景，不謀而合。

第三是，醫院服務的核心—醫護及行政人員，在病患急性期時不要回家，直接睡在醫院裡，假設十四樓是病房，醫護人員宿舍就在同一棟大樓內，不用回家，以這種設計概念，面對未知的疫情挑戰，才能有效保障同仁及其家屬。

在徐永年的腦海裡，早已規畫好國家防疫大樓的急診動線。例如，病患怎麼運送、怎麼走？發燒篩檢站設在哪裡？動線都得重新設計。還有這棟大樓如何和另一棟大樓分工或搭配，像是平常如何相連？當發生疫情時如何切

衛生福利部桃園醫院希望趁著這次COVID-19肺炎的經驗，擘畫興建國家防疫大樓

割分工？如何獨立作業？在擘畫藍圖時就得考量。

COVID-19風暴化為經驗 催生防疫大樓

「這次花了這麼多時間在做COVID-19肺炎的應變，如果沒有藉由這次經驗興建一棟防疫大樓，實在太可惜了。」徐永年語重心長地說。

這棟國家防疫大樓，暫定規畫使用公共建設基金卅五億元，另外的卅五億元至四十億元，則使用桃園醫院自籌經費，不過徐永年坦言，七十多億元還是不夠。

不過，他也自我心理建設：「臺大醫院新址從規畫到蓋好，耗時十多年，我想部桃國家防疫大樓至少需時七年以上。」徐永年說，大樓不一定會在他任內落成，但他要趁COVID-19

肺炎疫情之際提出這樣的構想，才能為國家奠定未來阻擋新興傳染病的基礎。

有著COVID-19疫情院內群聚感染的慘痛教訓，徐永年也請陳時中部長同意桃園醫院增加床位數，並希望支持桃園醫院興建國家防疫大樓，以及升級為醫學中心，陳時中也期許桃園醫院說：「這樣有很多事要做喔！」

01

第一章

當醫護人員成為病人

——設置緊急應變中心(HICS)

第一周

2021.1.11-1.17

本周重點

緊急應變急診

事件軸：

- 中央流行疫情指揮中心公布臺灣發生嚴重特殊傳染性肺炎疫情以來，首位照顧COVID-19病患而確診的案八三八醫師，他因為照顧加護病房內由美國加州回國治療重症病患（案八一一）感染而來；與其同院護理師女友（案八三九，屬於社區感染）。
- 部桃成立「醫院緊急應變中心（Hospital incident command system, HICS）」先擴大篩檢第一圈接觸者四百六十八人，共加採第二圈接觸者四百五十二人，合計九百廿人。
- 病房訂出紅、黃、綠區，辦理就地分艙分流，限制醫護人員跨區，紅區出入嚴格管制，出入人員造冊登記。
- 門診檢查減量，門診手術停止，住院只出不入。
- 員工居家隔離八十人，包括廿六名醫師、四十名護理師和十四名其他員工，分別入住各處集中檢疫所。

首位醫師染疫 部桃事件揭序曲

內科外科多數隔離

院內院外防疫兩副重擔一肩挑——緊急應變中心

二〇二一年一月初，衛生福利部桃園醫院員工為收治一百六十位COVID-19肺炎境外移入確診病患，正忙得不可開交，雖然COVID-19病毒可怕，但醫院面臨過SARS的挑戰，還能將COVID-19病毒控制在病房內，不讓它到處肆虐。

迎春節之際 COVID-19病毒悄然掩至

為了迎接二月十二日春節的到來，醫院相關部門也忙著籌辦「迗舊迎新慶好年、桃醫愛心義賣活動」，希望過年前可以在門診大樓一樓大廳募集並義賣物品，同時將義賣所得捐給需要的社福團體，後來雖然因故取消，但準備過節的氣氛，讓院內員工稍微可以喘一口氣。此時，醫院員工並不知道，COVID-19病毒已悄然地在醫護人員

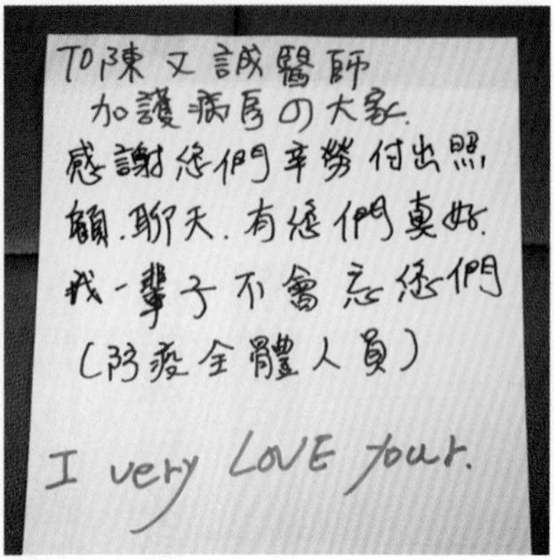

桃園醫院首位COVID-19肺炎重症病患，在出院時寫的感謝函。

之間流竄著。

就在一月十一日，桃園醫院宣布爆發院內群聚感染事件，讓正沈浸在正常生活及希望每天「嘉玲」（＋〇）病例的臺灣民眾為之震驚，舉國譁然。那天，傳出案八三八醫師確診COVID-19肺炎，成為國內第一位染疫醫師。接連著案八三八醫師的護理師女友（案八三九）接連染疫，這起事件讓守在防疫第一線一年多的桃園醫院，被COVID-19病毒衝破了防線，整個醫院被緊張氛圍所籠罩。

「如果說，只有他們兩人染疫，那可能是家庭群聚，不是院內群聚。」桃園醫院副院長陳日昌會如此說，是因為十一日在主管會議上接收到這個訊息時，只知道一位醫師被感染，研判是一月五日感染，經過周末兩天休假，九日上了一天班，也認為案八三八、案八三九兩人是在家庭群聚，而非醫院裡面。

在首位醫師確診後，桃園醫院立刻緊急通報中央流行疫情指揮中心。十一日當天下午衛生福利部疾病管制署（Centers for Disease Control，CDC）的防疫醫師與相關疫情調查人員，立刻

桃園醫院因爆發院內群聚感染，一開始先暫停夜間門診。

抵達桃園醫院，由專家介入，進行感染控管、匡列病房及擴大篩檢範圍。在十一日至十五日期間，是陳日昌心中認為部桃事件的「第一階段」，範圍也只在加護病房及7B病房。

不考慮封院 立刻採取「只出不進」

「照理說，醫院有標準防護作業，設備比外面高規格，病毒傳出去機會不高，可是呢，從密切接觸來說，院內都是確診病人，風險比外面高。這兩個角度不一樣。」曾任急診醫學會理事長的陳日昌分析，內部當時開始進行「分析管控」，考量內、外科隸屬不同樓層，先做區域畫分，從接觸人員疫調、篩檢，並未將全院皆匡列。

陳日昌也坦言，疫情爆發的第一周大家都很焦慮，「每天都有新案例被發現，常常疾管署的人來，衛生局的人也來，串資料的時候兜不攏。」部桃人將COVID-19肺炎全國首件醫院群聚感染當成一次的嚴苛考驗，在這樣的心情下去面對挑戰，總是能逐步找到解決的方法。

桃園醫院部門主管們，在執行清零計畫前做跨部門的討論。

即使有院內感染風險存在，但指揮中心沒打算效仿SARS時期和平醫院封院做法。而值此之際，全國也在擔心，部桃會不會重蹈和平醫院封院的覆轍。

「COVID-19病毒和SARS病毒不一樣，感染率也不一樣，不能相提並論。」陳日昌說，此時指揮中心命令部桃「只出不進」，不需要住院的病人出院回家，不適合出院的繼續留院。甚至在一月十四日便初擬「復原計畫」，沒想到疫情竟悄悄地在部桃擴散。

隨著確診的人數越來越多，桃園醫院已經籠罩在風暴核心的陰影裡，而且人人心知肚明，部桃疫情是否控制得住，已關係到全臺灣之安危。

啟動降載、分區管控及清零 院內分區採檢消毒

此時，指揮中心做了一個明快且關鍵的決

策，啟動「分區管控」及「清零計畫」。計畫包含了三個層面：首先，桃園醫院將降低工作承載量，在收治病患上盡可能「只出不進」。其次，院內將以安全度，區隔出紅、黃、綠三個區域，並進行徹底的全員大普篩與全面的採檢與消毒。第三，桃園醫院將擴大篩檢範圍，篩檢對象則滴水不漏，包含了全院員工、外包商，以及確診者在確診前三天在院內所接觸到的任何人。

百位急診部尖兵 撐起各項任務

而這三項工作，沒有一項與急診部無關。

急診部主任鍾亢說起這段過程熱血沸騰，直指這根本就是「急診同時要安內攘外啊！」這是一個很生動的描述，區區急診室，居然具備如此大的功能？

受訪當天，鍾亢來去匆匆，一位燒炭自殺的病人正在急救，他後來倉促趕來，又懸念著那位剛從鬼門關拉回來的病患，又轉身離去，上午的採訪硬是延至下午。再會面時，鍾亢仍處於快節奏的狀態裡，他談吐明快，見解犀利，直擊核心，一點時間都不浪費，就是典型的優秀急診醫師的模樣。

這樣的情緒，倒是與桃園醫院的執行清零計畫那段日子的節奏非常吻合。鍾亢說，部桃群聚事件期間，他與陳日昌副院長等院內指揮中心主管們連續卅一天（包含

桃園醫院展開清零計畫，採檢醫院員工和外包人員，共有2088人，採檢人員全副武裝前往採檢場所。

農曆春節期間）沒有休假，每天早上六點多就抵達醫院，常忙至午夜十二點才回家，但凌晨三、四點又因突發事件緊急返院處理。而且他們還不是工時最長的，「急診部專員柳育漢時任院內指揮中心執行秘書超過卅幾天，沒有回家，直接駐紮在醫院。」

在那段期間，桃園醫院是全國的焦點，急診是桃園醫院第一線的對外窗口，而清零計畫的每個環節又都與急診脫不了關係，直白地說，「急診部幾乎就是當時桃園醫院能夠廿四小時繼續對外運作的臨床單位！」所以整個急診部皆處於高度緊繃、全面作戰的狀態。

全院逾五百醫護隔離中　急診守住第一線

急診之所以如此重要，是因為那段時間部桃全院有五百四十二名醫護人員被匡列為隔離對象，醫院的日常運作幾乎都被迫停擺，急診同仁就成為醫院裡少數死守在第一線的抗疫部隊。急診全科的醫護人員接近百人，這一百位尖兵就日以繼夜地撐住急診及院內外的各項任務，讓桃園醫院順利熬過那段艱辛的四十四天。

確診連環爆 病毒在各樓層、各病房

從十四日開始出現案八五二護理師及案八六三護理師，桃園醫院幾乎天天連環爆出確診個案。「最可怕的是，全都在不同病房、不同樓層，好像病毒無所不在，」陳日昌餘悸猶存，在當時臺灣只有幾椿局部群聚感染事件之際，部桃防線失守，令指揮中心如臨大敵，民眾更是憂心。

陳日昌認為，這是桃園醫院群聚事件的第二階段，也是「最恐慌的時候」！桃園醫院每天陷入「這病房有」、「那病房也有」的頻率，原畫定的紅、黃、綠區，全都亂了套，代表全院「已經不安全」。指揮中心指揮官陳時中當時於會議中，說了一句：「這像公主號（事件）」，似乎也明白著：「COVID-19病毒可能已經控制不住了！」也勢必要將病人轉出院。

這串感染鏈是這樣的：

指標個案為案八三八（ICU、7B），因照顧案八一二染疫，之後在家戶中傳染給

6A護理師女友（案八三九），並在醫院工作時傳染給7B護理師（案八五二）與7B、10B醫師（案八五六）。

案八五六再傳染給接觸的10B護理師（案八六三），案八六三同住家人（案八六四、八六五），以及同病房工作的護理師（案八六八）也確診。

還有一例為住院病患的越南籍看護（案八六九），與染疫醫師案八三八有接觸史。案八三九護理師的祖母（案八七〇）也確診。案八五二護理師曾照護的住院病患（案八八一）確診，案八八一再傳染給兩名女兒（案八八二、八八五）。

另外兩例，為出院病患（案八八九）及其同住家人（案八九〇）。之後案八六三護理師的同住家人（案九〇七、九〇九、九一〇）確診，其中案九〇七病逝。而案八六三護理師的大姑（案九三四）也確診。另有一例為案八八九就醫相關接觸者（案九〇八）。案八三九及案八七〇的家人（案九二四）在居家隔離廿五天後確診。

這串桃園醫院感染鏈，最早可以追溯到一月八日案八三八確診，至二月七日最後一例案九三四確診，總計造成廿一人確診，二人死亡。

桃園醫院在尚未出現院內感染時，全院住院病患幾乎全滿，只有七十九張空床。隨著院內群聚感染事件出現，為了降載病患，每天協助上百位病患出院，看著報表從七百、六百人，逐步往下掉。看似讓病患離開醫院這個疫區，返家進行居家隔離，桃

桃園醫院執行清零計畫前，急診團隊沙盤推演討論，大家全神貫注做筆記，可嗅得出當時的緊張氛圍。

園醫院醫護人員心中難免也有擔憂，放回家的病患到底有沒有確診？是否可能傳給其他人？

「當時的超前部署，連恐懼也超前部署！」陳日昌回憶，在桃園醫院連日出現多位確診病例，占據各大媒體頭版時，部桃全院醫護及工作人員，又或是轉診出院的病患，健保卡上統統被註記，全成了恐懼標籤。甚至有些醫師的另一半在其他醫院工作，被要求不要上班；小孩也被校方要求不要上課，即使沒有帶病毒，也沒有證據讓醫護與其家人撕去標籤，他們心中頗為無助與無奈。

自願隔離　將感染機率降到最低

這座在二〇二〇年一月才被視為防疫堡壘的桃園醫院，卻因首位院內感染個案，爆發成群聚染疫，擴大到醫師、護理師及多起家戶傳播。當

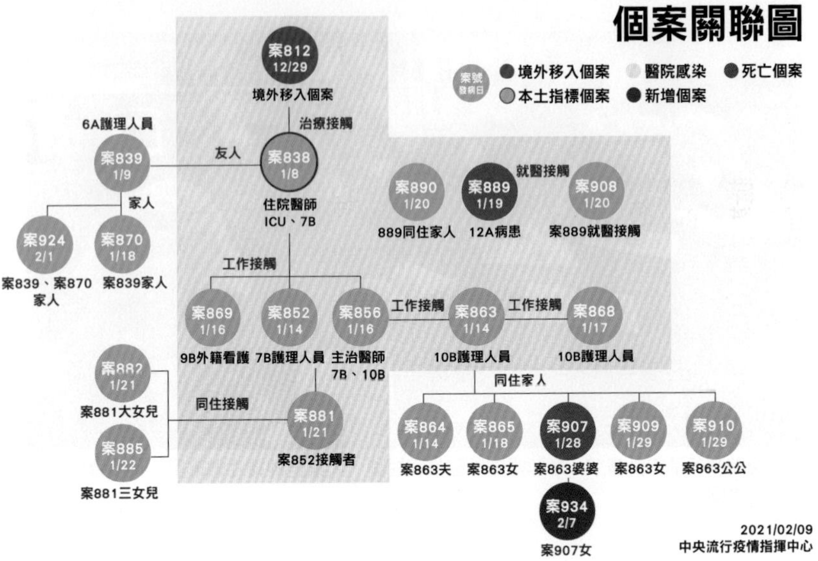

桃園醫院群聚事件確診個案關連圖。

時院內也啟動「醫護降低到最少人力」的措施，其他人都要居家隔離。

當案八五六確診，後續相關醫院接觸者、接觸病患及陪病者等全數接受採檢，等待消息的過程中，有些員工提出想要居家隔離。為了徹底斷鏈以及穩住軍心，時任副院長王偉傑親自帶頭，與廿三位醫護人員一起到烏來、林口檢疫所隔離。

王偉傑猶記得，那是桃園醫院群聚事件的第一周，為了怕境外移入演變成本土群聚的狀況加劇，再加上院內當機立斷下達許多措施，包括落實分艙分流、化學兵進入社區消毒、人員居家管理與自主健康管理，一起度過疫情難關。

說到自己被匡列的標準，王偉傑說：「我只是經過護理站很短暫的時間，仍被列入名單。」為了防疫作業，也為了家人的安全，他決定到烏來檢疫所閉關一段時間，不讓病毒有散開的機會。

一月十六日晚上，所有相關人員漏夜採檢，正值正月隆冬低溫寒冷，王偉傑也擔心：「怕影響醫院累積的信譽，以及日後病人對院內感染的不信任。」

但是，當下防疫為首要任務，王偉傑身為副院長，又是接受採檢的人員之一，為了穩定大家的信心，一月十七日早上便率領同仁集合出發到烏來、林口檢疫所。

一月十七日凌晨兩點，王偉傑打電話通知所有要被隔離的同仁，簡單收拾行李後，早上八點坐上防疫專車出發，許多人很臨時才收到隔離通知。上車時，有一幕畫面讓他很震撼也很難過：「我看到一對醫師和護理師夫妻隔了一大段距離揮手再見，其中一方忍不住掉淚，不曉得此行一別要多久才能重逢。」

他們搭乘防疫專車與其他留守院內的同仁道別，準備展開與病毒抗戰的隔離生活，「心中有一種壯士出征的悲壯，被隔離的同仁還偷偷拭淚，感慨萬千。」這一幕讓王偉傑直到現在，每在夜深人靜時刻，總是無法從腦海中抹滅。

為了隨時掌握院內狀況，在王偉傑的行李中，最重要、最不可缺的就是手機充電線。由於仍身負醫院主管重擔，在隔離期間，他每天都跟院長保持通話，報告檢疫所的狀況，也同步聯繫其他部門，瞭解院內所有數據，包括人員、物資及報表等，銜接上部桃專案。

當時，院內原本總共有五、六十位內科醫師，配合門診降載只剩十五位內科主治醫師。王偉傑也感謝門診部主任兼內科部副主任兼一般醫學科主任曾國森，協助處理所有值班事項，也穩定院內留守同仁的情緒。

在這波疫情中，他們見證了患難真情，大家展現高度的自律和互助，讓醫院無後顧之憂。

同樣前往烏來檢疫所隔離的專科護理長陳美真則形容那段日子，人雖被隔離著，但依然持續不斷工作，「檢疫所隔離宛如遠距上班，帶著電腦在將近一百公里外的山區辦公，每天都要安排院內班表、瞭解採檢時間；還得不時扮演心理輔導師安撫同事。」

當比較年輕的護理師容易緊張、難過落淚，甚至體溫測量到較高時，陳美真也會緊張得睡不著、吃不下。「那陣子我最害怕聽到救護車的聲音，擔心是不是又有同仁被送進來了，只能盡量轉移注意力，跟家人朋友視訊報平安。」陳美真回憶起那段日子，仍歷歷在目，揮之不去。

隔離期間，醫師、護理師還輪番接力
唱出「手牽手—抗SARS之歌」

檢疫所日子漫長　線上K歌相互鼓舞

桃園醫院員工在檢疫所的日子並不好熬，王偉傑除了要擔心疫情是否變嚴重、醫院的降載和清零計畫外，他也要注意同仁身心健康，以及能否承受社會輿論等。王偉傑每天晚上與家人視訊完，接著就是線上KTV時間！跟著下載了年輕同仁最愛玩的「歡唱APP」，同步飆歌、穩定同仁情緒。

而這些平常在醫院互動不多的其他科別醫師、護理師，一起同住檢疫所後，彼此變得熟稔，連居家隔離的同仁也連線同歡，展現平常不為人知的才藝。其中，腸胃科主任賴俊穎特別將彈奏鋼琴的影片上傳臉書，向隱形抗疫英雄們致意，讓許多同仁為之驚艷，更吸引許多網友觀看。

隔離期間，醫師、護理師還輪番接力唱出「手牽手—抗SARS之歌」，並串連長庚、聯新等醫院的護理師加入，醫護透過這首歌傳遞抗疫會成功的信念。

後來桃園醫院在臉書放上這支長五分鐘的接唱影片，生嫩的聲線加上無所畏懼的臉龐，如同歌詞所寫的：「不要再恐懼，絕不要放棄，這一切將會度過！」影片喚起二〇〇三年的SARS疫情的回憶，也吸引多家影音平

桃園醫院爆發群聚感染事件，社會各界不但沒有責難，還湧入許多為部桃員工打氣的物資及鼓勵卡片。

台致電桃園醫院公關組要求授權分享。大眾看到這群醫護人員頂著巨大壓力，仍堅守崗位完成工作，令人不捨與動容。

民間企業力挺醫護　天天送便當

還有一段插曲值得一提，當桃園醫院院內感染擴大消息引發民眾恐慌，當時匡列人數眾多，嚴重影響院內人力，地下美食街也因此歇業，使得留守醫護人員面臨訂不到便當的困境。

在得知消息後，院方馬上請中壢仁海宮副董事長王介禧協助，對方一通電話直接聯絡正忠排骨飯，直接霸氣送來一千五百個便當；還有南港輪胎從事件發生第一周開始，每天從臺北送便當到桃園醫院，持續到事件尾聲。疫情嚴峻時期，許多民眾獻上暖心的關懷，募集或親送食物、飲品、物資、手寫卡片等，點點滴滴讓部桃人謹記銘心。

防疫愈趨艱困，讓人看到最美的人性！各地民眾、企業的善舉，讓醫護更加有動力撐過去，打贏這一仗。

幸好，三千多名部桃本院及分院員工，加上院區採檢的七百六十七件檢體，全數COVID-19病毒核酸陰性，中央流行疫情指揮中心判斷院內感染風險解除，總算鬆了一口氣。

有些桃園醫院員工因為隔離而無法回家過年、吃團圓飯，心裡非常過意不去，還好最後仍成功守住了社區感染的防線。

我的經驗分享

陳日昌 副院長

COVID-19肺炎全世界都是第一次碰到，面對從來沒發生的事，就是「去學習！」過往我參與九二一大地震、SARS等事件，最後檢討弱點總是「指揮系統不明確」；但這次從疫情爆發後，統一由中央流行疫情指揮中心來主導，以及由王必勝執行長進駐部桃設立前進指揮所，是正確的作戰計畫。

建立明確指揮系統 作戰第一步

不過，即便指揮系統架構完成，只是確保「指揮鏈」及後續執行流暢，但這不保證就沒問題，決策必須正確。因此指揮官要拍板做決定，責任重大。在這次部桃事件，指揮中心的決策，事後來看，幾乎都正確，非常不容易。

就匡列、篩檢時機來看，若在第一波院內感染時就擴大匡列，當然會減少傳播機會。至於有無社區感染，不是看篩檢陽性或陰性，而是要看「急診病人數」，若病人有呼吸道症狀，一定會先到急診就醫，若社區感染一爆發，醫院就會人滿為患。

歷經部桃事件，部桃未來朝升級醫學中心目標，若要作為特色教學研究，可以發展感染、緊急應變為主的特色，尤其院內醫護皆有實戰經驗，未來可幫助國家培育人才。

02

第二章

疫情烽火中的堡壘

——成立前進指揮所

第二周

2021.1.18-1.24

本周重點

成立前進指揮所

事件軸：

- 中央流行疫情指揮中心首次透露該院為衛生福利部桃園醫院，同時宣布指揮中心人員進駐衛生福利部桃園醫院成立前進指揮所，並啟動部桃專案，以強化感染管制作為。將確診個案曾活動病房關閉，病房內病患安排一人一室進行隔離。個案活動空間清空消毒，待環境採檢確認安全後再啟用。
- 清空相關樓層，區域嚴格管制。
- 安排專家進駐，針對醫院感染管制措施等防治作為給予指導及協助。全院病患只出不進；取消探病，陪病僅限一人且須實名制。
- 加強宣導醫院員工落實自主健康管理，若發現有輕微症狀應第一時間通報，並依指示回院就醫，不可自行就醫。
- 回溯監測醫院相關接觸者居家隔離，一月十六日至十九日人員需隔離十四天，已完成十四天居家隔離者，安排採檢；其他人持續完成居家隔離後，再安排採檢計五千人。

前進指揮所進駐 疫調如臂使指

監視器抽絲剝繭 上演醫療版CSI

對決疫病

歷經二〇〇三年的SARS風暴，許多人對當時的記憶已有些模糊，但對於遭到封鎖隔離的醫護人員來說，承受病毒蔓延感染的陰影揮之不去！時隔多年，二〇二〇年初的隆冬，全球再次爆發可怕的傳染病，臺灣實施一連串防疫措施成功阻擋疫情長達一年後，衛生福利部桃園醫院肩負起收治了一波波境外移入確診染疫的病患，成功守住國家大門。卻還是讓肉眼看不見的微小生物突破重圍，爆發院內群聚感染，部桃會步上和平醫院封院的命運嗎？

所幸中央定調明確，及時啟動部桃清空專案，在醫院內進行大規模疫調、降載和隔離措施，「前進指揮所」政策奏效，指揮中心、桃園市政府、醫院保持密切合作，桃園醫院歷經一個多月的停擺，終於在二月十九日復工。

桃園醫院是桃園地區的大型醫院，病房護理站工作人員總是忙碌著。

前進指揮所上情下達　資源快速到位

經過驚濤駭浪的第一周，第二周對桃園醫院員工來說，就有如船隻必須握緊方向盤，儘快駛出海上暴風圈，才能有機會覓得風平浪靜。

在一月十六日至十八日間，面對病例不斷增加，中央流行疫情指揮中心為了更即時掌握最新情況。因此在一月十八日這天，指揮中心指派衛生福利部附屬醫療及社會福利機構管理會執行長、指揮中心醫療應變組副組長王必勝，前往桃園醫院成立「前進指揮所」擔任指揮官，並決定執行「清空計畫」。

在整個過程當中，王必勝迅速擬定清楚規範，集中人力、物資管理，強化門禁管制措施。

紅色警戒築防火牆　指揮作戰全面防堵

其實，在前進指揮所尚未成立前，桃園醫院自一月十一日開始，由醫院秘書黃碧蓮馬上協調所有

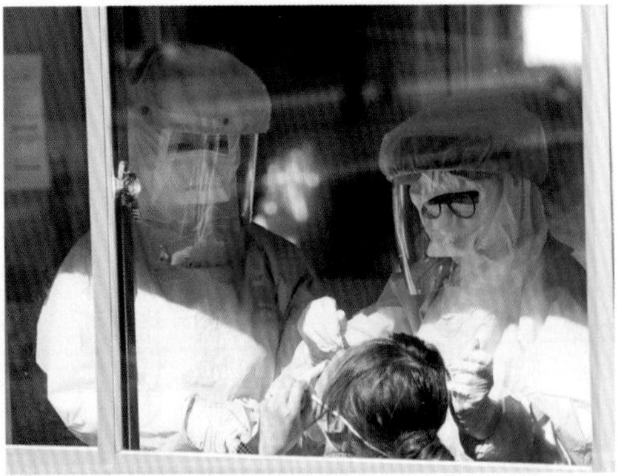

隨著疫情擴大，桃園醫院有順序地進行著採檢、清空和消毒等措施。

對內、對外的聯絡事項，成立「醫院事件指揮系統（Hospital Incident Command System, HICS）」跨科部溝通，彙整執行、計劃、後勤、財務、行政總務等各部門的資訊，廿四小時待命回報指揮中心，統整繁多而複雜的訊息。

黃碧蓮自二〇〇八年擔任會計主任、二〇一二年升任秘書，除了負責內部溝通外，也要和疾病管制署及縣市衛生局連絡，經常往來行政及醫療各科室之間，非常瞭解醫院營運作業。當醫院面臨如此重大的危機，極度考驗應對措施。這是因為醫院的作業系統環環相扣，疫情期間，每個人的工作已經非常繁重了，又遇上如此棘手的內部群聚感染，人人再度上緊發條。

王必勝指揮官進駐桃園醫院後，重新內部分組，各部門統一彙整執行數據後，再向外界說明院內情況。行政科與醫療科的關係猶如唇亡齒寒，黃碧蓮不斷與同仁溝通：「醫療科同仁在前線作戰，行政科一定要在後線支援！」

隨著院內疫情不斷擴大，桃園醫院全面提高管制等級、全力防堵蔓延，大家心裡雖然著急，但踏實把每個環節做好最重要。

尤其在疫情嚴峻的非常時期，以最嚴謹的態度做好管控，院內井然有序地進行擴大疫調、採檢、清空、消毒等措施，匡列出相關的隔離對象。

指揮中心另外也緊急實施回溯計畫，居家隔離者以集中檢疫或回院隔離為原則，除了加強擴大相關接觸者，也包括「健康關懷回溯機制」，院內社工每天電話詢問追蹤相關接觸者狀況，安撫其身心靈。在二〇二一年一月十九、廿日，兩天內要把數百名病患分散到專責病房，按風險分級逐步外移、轉院，僅剩六十九位重症病患留在醫院內。

病患外移淨空後，接著管制所有樓層並全面消毒，全院病患只出不進，連員工進入都得經過好幾道手續，希望在嚴格管控之下修補防火牆。

疫調瑣碎辛苦 匡列超過千人

自院內爆發感染以來，相關團隊人員幾乎沒日沒夜待命，周末假日也要到院處理資料、彙整提供指揮中心。

當時，臺灣社會有所不知的是，桃園醫院員工忙翻天，連夜查閱監視器畫面，整理接觸者、關鍵足跡，配合疫調團隊執行後續檢驗流程，疫情調查絕非外界想像的那麼容易。

桃園醫院副院長陳日昌（右一）認為，成立前進指揮所，有助解決疫情緊急時多頭馬車指揮的問題。

讓黃碧蓮印象深刻的是，案八八九為醫院12A病房的出院病患，因無法完整基因定序，感染源尚無法釐清，疫調令人相當頭痛。他們也曾懷疑：「是在院內被感染的嗎？」進一步擴大回溯醫院接觸者，仔細進行風險分級和匡列。

當院內第一起確診者案八三八醫師出現時，醫院內相關人員馬上調閱監視器畫面找出關聯性，像是案八三八行經哪些路線？幾點幾分出現在護理站？周圍有哪些醫護人員？使用接觸那些物品？疫情調查過程不放過任何足跡！只要每個確診案例出現，後勤單位就會重複上述工作，很像《CSI犯罪現場》影集劇情，鑑識人員抽絲剝繭慢慢找出有否「人與人的連結」。

疫調工作辛苦且瑣碎、過程暗藏許多學問，綜合所有線索追查感染源，擴大匡列超過千人。那段時間，桃園醫院員工可說每天被數字追著跑，緊盯注意疫情的變化，部桃與指揮中心、桃園市政府攜手作戰，採取維護大眾健康的各項必要措施。

疫情讓人緊張，資訊不明的情形下，員工可能人心浮動，因此科部主管定期開會釐清事實十分重要。

不再多頭馬車　溝通應變更同步

「防疫視同作戰，若專家都持不同看法，多頭馬車會不同調。」桃園醫院副院長陳日昌為成立前進指揮所的緣由，做了最佳詮釋。王必勝代表指揮中心進駐桃園醫院，並統一回報給中央，對桃園醫院是件好事；否則在還未設立前進指揮所時，若要知道中央下一步，「其實就跟一般民眾一樣，每天看下午兩點的記者會」，「又恐慌、又驚又怕，加上未知情況，感覺每天記者會，指揮官好像都是對著我們在講！」陳日昌無奈地自我解嘲。

成立前進指揮所後，溝通問題迎刃而解。陳日昌不諱言，起初桃園醫院和指揮中心溝通時，無法立刻掌握彼此想法。對於部桃群聚事件得以控制，前進指揮所發揮功效很大，指揮系統建立後，指揮官王必勝可讓應變時間縮短，需要中央提供的資源與協助的需求，可以很快速傳達，並隨即獲得回應。

而除了指揮權的集中外，新聞、訊息也統一由指揮中心發布，避免多頭馬車的訊息曝露，讓各界產生錯誤的解讀。

陳日昌解釋，醫院高層就算知道也不能對外公布，必須由指揮中心單一窗口發布，因為傳染病防治法規定，疫情不能自行公告，以免以訛傳訛。

風聲鶴唳　員工烏龍爆料院方數據造假

陳日昌也透露一段不為人知的插曲：曾有院內員工向媒體爆料，指稱有被採檢但沒驗核酸檢測（polymerase chain reaction），並指控懷疑院方造假數據。面對連院內都謠言四起的情況下，陳日昌當時只好無奈地告訴醫院同仁：「如果你沒被抓去隔離，那就是陰性！」可見當時的緊張氛圍。

指揮中心緊急進駐後，對同仁及外包人員進行核酸檢測，有狀況者緊急送至檢疫所隔離或居家隔離；門診也不再收治新的病患，醫院僅維持最基本的營運，趁機讓醫院整個環境休養生息。

借重SARS經驗　兵推模擬疫情應變

時任桃園醫院醫務秘書、教研部主任、現任副院長鄭舒倖也是感染科醫師，二○○三年SARS疫情蔓延時，她負責協調溝通，也被視為當年守住醫院免於SARS病

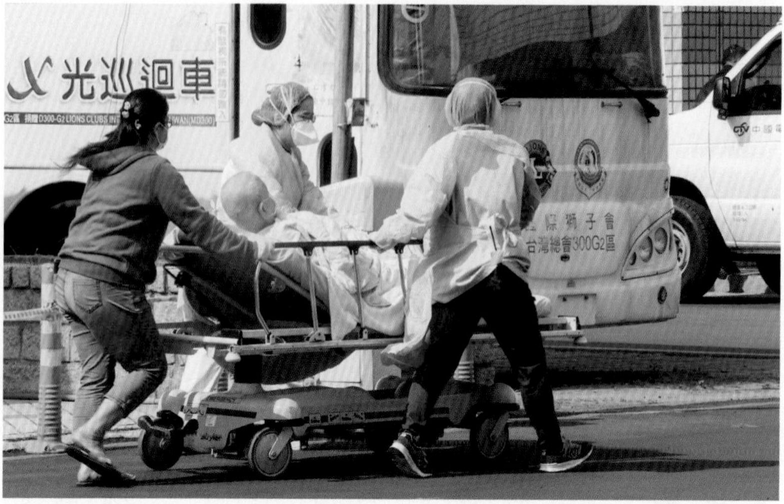

桃園醫院群聚事件後，與各醫院召開聯防會議，不少醫院收治由桃園醫院轉出的病患。

毒攻入的功臣之一。二〇二〇年COVID-19疫情一爆發大流行，鄭舒倖臨危受命調回感染科，借重她過去處理SARS疫情的經驗，彙整各科交回的標準作業流程，讓院內不斷兵棋推演，預先模擬疫情發生後如何應變。

舉例來說，從二〇二〇年四月及五月起，桃園醫院早已開始實施陪病限制，以及開立慢性病連續處方箋，慢性病病患到社區診所領取三個月用藥量，希望減少民眾出入醫院的染疫風險。

而當第一起桃園醫院院內感染案例發生，接連出現第二起、第三起，擊潰了醫院的疫情防線，這波疫情來得急且快。鄭舒倖應對策略是，讓院內的動線單純化、人員不跨區移動、不同風險病患分流分艙，並將相關區域全面淨空消毒，甚至院內美食街也一度關閉。

防疫救治堡壘從淪陷到暫停、重啟，採取逐步恢復原則，等到院內運作步上軌道再開放隔離病房。也就是復工後，原本收治COVID-19個案的隔離病房先進行整修，包括總院及新屋分院的相關設備增添，未來讓分艙分流更加落實，避免再次發生相同事件。

病患轉院降載 再實施分艙分流

為了不讓民眾憂心，桃園醫院啟動一連串防治作為。當時各醫院召開聯防會議，不吝嗇伸出援手，收治一批一批分送轉院的病患，讓部桃醫護無後顧之憂，全力投入清零計畫。

接著，防堵院內感染擴大的第一步，先實施分艙分流，進出都要嚴格管控。同時，進行醫療降載節流配套，有限度地疏散回診病患到社區診所拿藥。然而，降載口號容易，但做起來難，擔心病患自身權益是否會因此受到影響？還要兼顧醫療人力分配不至匱乏，把民眾的恐慌降到最低。

在成立前進指揮所後，桃園醫院不僅做到指揮中心的標準，並且採取更高標準來加強感染管控。每天進行環境清潔消毒、人員採檢，在加護病房的醫護人員，天天被採集檢體，每日上班前，要忍受廿公分長的棉棒戳往鼻腔深處以便採檢。

值得一提的是，在清空桃園醫院期間，能轉院、出院的病患自然沒問題，但有些需要長期洗腎的病患因一周要來醫院三次，而且病患健保卡也被註記桃園醫院的就

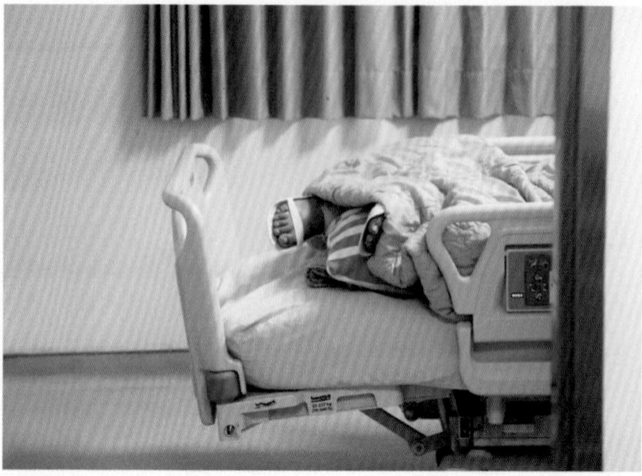

桃園醫院部分病患無法轉到其他醫院，必須先採檢確認沒有染疫，才能進行接下來的醫療處置。

醫紀錄，其他醫院根本也不敢收。桃園醫院洗腎室為了保護病人所以嚴格執行門禁管制，安排時段開放進出，其餘時段皆禁止進入透析室，減少走動情形。陪病者限一位，並限制訪客。進入透析室前病患及陪病者需測量體溫及洗手後方可進入，病患及陪病者體溫需登記且紀錄進出時間並造冊，進出透析室工作人員皆須登記進出時間、體溫並造冊。並嚴格執行「分艙分流」，醫療大樓六樓提供住院病患洗腎，綜合大樓四樓負責門診常規洗腎。洗腎室每周協助病患採檢、確認陰性才能在綜合大樓四樓進行洗腎。

內科外科醫護被隔離　醫院幾乎空了

陳時中指揮官在一月十八日的疫情記者會不小心脫口醫院名稱，接著證實北部某醫院就是衛生福利部桃園醫院，指揮中心也鬆口定調為「院內感染」。事實上，從第一位案八三八醫師染疫後，部桃群聚事件就定調為院內感染，而非外部感染。

確認為院內感染，匡列隔離內外科醫護，急診就成了重要

桃園醫院曾隨著染疫個案增加，宣布整座醫院皆屬警戒紅區，到處都有可疑病毒，只能委請化學兵經常前來消毒。

的作戰部隊。陳日昌說，當時桃園醫院內科和外科人員全都被匡列隔離，就連時任副院長王偉傑只是走過有確診病例待過的病房，也被「關」了十四天，太多醫護人員被匡列隔離，「根本整個醫院是空的，無法照顧這麼多病患，勢必要轉出。」

陳日昌以軍隊來形容醫院當時的慘狀，「有很多傷兵，但指揮中樞還在！」由於內、外科人力幾乎被匡列隔離，唯一還在正常運作的急診部，這頓時成了桃園醫院最完整、還能打仗的一支部隊。

陳日昌表示，因此從一開始就沒打算讓急診停診，繼續運作，以應變隨時出現的緊急狀況，也代表醫院維持營運量能。

紅、黃、綠區管制跨越 全被案八八九打亂

有了SARS的前車之鑑，為避免無預警封院的恐慌，醫院採「只出不進」政策，並未如SARS時期和平醫院的封院模式，而是將醫院依感染程度，分成紅、黃、綠區，限制醫護人員跨區，紅區出入口嚴格管制，出入人員造冊登記。同時門診檢查

桃園因為轄區內有桃園機場，經常成為COVID-19病毒入侵臺灣的第一站，桃園市長鄭文燦掌理防疫指揮調度十分忙碌。

減量，門診手術停止，並徹底清消任何細節角落，給醫護人員和病患更多安全防護。

就在桃園醫院身分曝光的隔天，也就是一月十九日案八八九、桃園醫院出院病患證實感染COVID-19肺炎後，醫院原本還分紅區、綠區，頓時之間，醫院整個變成紅區，到處都是可疑病毒了。

而在桃園醫院一月十九日這一波疫情因本土確診個案增加後，也影響到臺灣其他各地相對平靜的生活，中央流行疫情指揮中心提醒公眾集會應評估有無舉辦的必要性，強烈建議取消或延後舉辦，尤其正值歲末年終，包括臺灣燈會和各宗教團體的春節活動皆暫停舉行。

全臺祭出避桃令　鄭文燦溫情喊話

為了怕人民恐慌，其實中央對於確診病患的醫療院所、檢疫所隔離都保密到家，在此之前，院內所有同仁都三緘其口，除了保護病患隱私，也擔心外界投以異樣眼光，連帶影

桃園醫院群聚事件發生後，臺灣的民眾並未怪罪醫院，反而送來一批又一批的物資，為醫院員工打氣。

響家人。

隨著桃園醫院院內群聚感染持續擴大，部分縣市甚至先後祭出「避桃令」，雖然避開風險區域屬人之常情，但部桃員工自始至終都堅守防疫第一線，在如此高壓之下爆出感染事件又被外界標籤化，有員工難過到落淚。

避桃令讓桃園醫院有如孤島，部桃員工彷若瘟神，桃園市長鄭文燦於二〇二一年一月廿一日拍片挺部桃，並放上個人臉書。

鄭文燦在片中強調，桃園醫院在全國收治確診病患當中，以當時桃園收治百分之廿五點七、兩百廿三人，占了當時全國四分之一確診個案來看，其中桃園醫院就收治了一百一十四位，是全國所有醫院裡面責任負擔最重的；但「部桃人從來不喊苦，現在要給他們堅定而溫暖的支持，相信桃園人不會被謠言擊敗，就如同在隧道裡面，一定可以走向亮光。」

影片一出，網友支持聲音不歇，有民眾留言「唇亡齒寒」替桃園加油，還有不少桃園人留言「我桃園人我驕

民眾送物資給桃園醫院員工，還特地貼著醫護人員加油的紙條，讓人看了很窩心。

傲」、「桃園人讚出來」等。

愛心物資「搬到手扭到」 社工的斜槓人生

在部桃事件爆發後，前線醫護配合降載減少人力，行政則是後勤部隊。在成立前進指揮所的這一周，社工師除了要關懷病患、家屬繳不出醫療費用及協助病房調度等事宜，還增加許多業務，其中一項是面對龐大的「愛心物資」，而這項工作，就由醫院社工室主任余珮瑜帶領社工們，一肩挑起。

余珮瑜回想起接納愛心物資那些日子，直呼：「我們身體雖然勞累，但是內心很溫暖！」那時候，一天都有很多物資送來醫院，「搬物資搬到扭到手，根本是『女的當猛男用，男的當機器用。』」

因為發生部桃群聚事件，社工人力緊繃，院方想補充社工新血。「可能對疫情的恐懼吧，竟收不到半封求職履歷。」這是讓余珮瑜最難過的事。

不僅沒人敢來應徵社工，連有些商家看到桃園醫院都恐懼，在當時全國都沒什麼大型群聚事件時，「簡直把桃園醫院當成瘟疫的傳播站！」余珮瑜黯然地說起這段日子比較黑暗的一面，連平常護理站或各專科辦公室打電話叫外送的飲料店或其他店家，也都拒送，這真是讓部桃人很真實地感受到人情的冷暖。

病毒考驗人性 善心化為熱騰騰便當

而桃園醫院為了解決員工馬上面對吃的難題，起初，是由營養科幫忙員工做便當，但每天在桃園醫院上班的員工至少一千兩百人，量實在太大無法應付，有些單位員工吃不到，因此余珮瑜決定開始對外募集愛心便當，她心想：「一定要讓第一線醫護同仁備足體力，去對抗病毒。」

募集便當消息傳出後，開始有許多善心人士願意捐便當、熱食。像是南港輪胎、南山人壽基金會等企業，天天捐兩百個便當，「還有一家公司的董娘，擔心路程太遠便當會冷掉，仔細討論密封保溫細節，抓緊交通時間，每當專車抵達我們醫院，醫護拿到便當都還是熱騰騰的。」余珮瑜回憶起這個片段，心裡都暖暖的。

也有的捐贈者，是直接捐錢給桃園醫院周邊生意受影響的店家，請他們做便當送給桃園醫院，有的店家也樂得接單，甚至主動印加油打氣貼紙貼在便當上。隨著便當

陳記雞排的老闆把發財車開到醫院門口現炸雞排，希望讓正在抗疫中的桃園醫院員工可以吃到熱騰騰的雞排。

替醫護送暖，「那時候，我們邊吃便當，看到這些加油貼紙，眼眶有時都熱熱的。」各界善心翻轉局勢，桃園醫院醫護人員總算獲得動力繼續前行。

醫院前現炸雞排　「想讓部桃人吃熱雞排」

除了有便當、飲料及麵包，或炒麵、壽司、蛋糕等，桃園醫院還收到雞精、農民自製青草茶、人蔘等補品。值得一提的是，還有一家陳記雞排店老闆開車將設備搬到醫院門口，現場現炸雞排，老闆說：「現炸的才香啦！」就是要讓醫院員工吃到口感最佳的雞排，在當時一月底的隆冬裡，啃著熱呼呼的現炸脆雞排，一股感動的熱流直竄部桃人腦門。而包括乾貨、鋁箔包、寶特瓶飲料，擦手紙、洗潔劑、濕紙巾等愛心物資源源不斷湧入，陸續塞滿醫院內的角落，也成了醫院難得而見的景象。

除了每天要整理龐大物資，社工部門也發揮最拿手的工作技能之一—關懷聯絡，尤其院內感染後，被匡列的醫師所接觸的病患，都要一一聯絡追蹤。

其中被案八三八醫師感染的案八五六醫師，不論在部桃總院或新屋分院皆有門診，病患一律都得匡列，病患接到社工電話關懷、疫調時，偶有謾罵不理性：「都是你們害的！」「早知道就不要看這醫師了！」但大部分民眾仍會感謝：「還好你們還有想到我。」過程中也找出幾個疑似病患，進一步篩檢。「與病患的溝通中，也意外讓不少剛入職場的社工師，社交能力一夜成長。」余珮瑜只能往好的方面去想，是此一群聚感染事件意外的一個篇章。

雖然醫院降載，減少病患，但社工們及其他員工工作量卻堆積如山，每天上班分物資、下班打電話關懷病患，還要造冊回報給指揮中心。余珮瑜坦言，當時自己很怕帶病毒給家人，把兩個孩子送回臺中娘家照顧，「我每天回家就是大哭，不然就是和貓咪玩以紓壓」；有社工同仁則是搬出去自己住，下班後不願意再說任何一句話。

院長睡醫院　家居服披白袍上陣

對於當時醫院的緊張狀況，余珮瑜仍歷歷在目，還有一段外界所不知的景象，事後回想起來不禁莞爾。那時候，不只醫護前線人員累，各科室主管每天早上八點都得到部桃醫療大樓十四樓戰情中心回報進度，下午兩點一同觀看電視上播放的指揮中心記者會，下午五點再開會，隨時還會召開臨時會議，「會議室等於是我們臨時的家啦！」余珮瑜說。

而院長室剛好在會議室隔壁，因為徐永年院長都沒有回家，直接住在院長室裡面的小房間，方便指揮調度，「我們還曾看過徐院長下半身穿著休閒的家居褲，上半身披白袍就來開會！」由此也可見在前進指揮所的這一周，部桃人是多麼地疲累與緊繃。

記取教訓　星星之火足以燎原

面對未知病原、變異病毒，桃園醫院內部猶如上演了醫療版《CSI》。從調閱監視器找出相關接觸者，接著進行匡列採檢、擴大居家隔離範圍，建立更完整的防火牆，防堵星星之火。

那段時間大家都很緊張，指揮中心、中央部會、地方政府、國軍部隊等全員動起來，齊心面對疫情，徐永年院長不斷強化院內同仁的信心：「防疫過程艱難重重，請繼續保持信念。」臺灣從有疫情以來，包括武漢包機、鑽石公主號、寶瓶星號郵輪、磐石艦等事件都一一挺過！加上中央採取緊急應變作為，事件在當年春節後正式宣告危機落幕，部分病患陸續解隔離，相關回溯採檢、血清抗體檢查仍持續進行。

經過連日的門診降載、感控措施、病房清空、門禁管理、樓層消毒，確診數字終

桃園醫院社工室主任余珮瑜（右）說，醫院疫情緊張時，曾有社工怕把病毒帶回家，先暫時搬到外面住。

於慢慢壓下來了，似乎已經看到曙光。二月七日，暫時解除感染危機，部桃員工和病患健保卡上的「自主健康管理註記」也自當天零時起取消，大家不禁要感謝所有夥伴守住這一役。

部桃事件雖然告一段落，事後檢討也暴露出環境感染、醫護人力的問題，全盤調整疫調、篩檢及隔離等策略，若再發生類似群聚感染，可作為參考案例。防疫講求團結作戰，在這場戰役中，每個人都是不可或缺的一員，唯有做好完善準備，才能遠離傳染病威脅。

在疫情發生的當下，情況就像變化球一樣難以預測，整起事件有許多值得部桃員工深思與檢討的地方，確診案例帶來極大衝擊，部桃人從中學得寶貴經驗，將過程中的酸甜苦辣化為養分，廣納各方寶貴意見作為借鏡，共同度過疫情。

我的經驗分享

鄭舒倖 副院長

對抗廿一世紀全球瘟疫，每個人都在學習如何面對看不見的敵人。大家著實感受到疫情的威脅以及疫情之下的無助，無時無刻處於壓力中。而桃園醫院所有員工聯手爭取最快速度，截斷所有傳播鏈，而且醫界同心展臂支援，不讓和平醫院事件重演。

及早盤整可用資源 支援前線

桃園醫院遭遇的困境，可能也是其他院所將會遇到的問題，值得引以為鑑。因此，及早盤點群聚感染發生時可用的資源十分重要，要不斷討論盤整各項應變措施及醫療物資，才能及時鞏固抗疫前線堡壘。

透過「防堵」策略，算是守住疫情第一關，疫苗則是防疫重要的下一步。臺灣除了快速購買國際疫苗，更積極開發國產COVID-19疫苗。桃園醫院加入了高端疫苗臨床試驗計畫，徐永年院長在臉書上公開自己也加入高端疫苗試驗，部桃同仁也陸續挽起袖子，以行動支持國產疫苗研發，繼續拉長戰線。

03

第三章

暫時停止醫院正常運轉

——轉出病患

第三周

2021.1.25-1.31

本周重點

轉出病患、清零計畫

事件軸：

- 完成採檢護理之家含住民、看護及員工共九十人。
- 健保卡已註記之員工，若有就醫困難，門診與急診照正常流程就診；需住院者，一律待採檢確認陰性後，進入病房。
- 設置廿四小時緊急諮詢平台APP，供病患及家屬諮詢。其中部分緊急醫療需求，配合部桃專案，安裝「健康益友APP」，方便病患使用。
- 部桃員工家屬案九〇七確診離世，由護理科擬訂計畫，進行員工關懷，相關喪葬事宜由部桃協助處理。
- 部桃專案使桃園醫院感染事件於短期間內獲得控制，衛福部以特別預算發放醫事人員津貼及醫療機構獎勵金，以慰勞協助照護的醫事人員及醫療機構。

暫停醫院運轉—清零計畫啟動

病患分級 轉院大工程

只出不進

桃園醫院群聚感染事件爆發後，經過半個月的挑戰與考驗，醫院動員全力，理出千絲萬縷的感染管控事務後，邁入了第三周，必須將能轉出的病患盡量轉出去，只留下部分病患，最終共轉出七十四名病患，這過程手續繁雜，也值得在整個事件記上一筆。

醫護短缺 清零計畫靠腎上腺素

有「急診之神」稱號的桃園醫院副院長陳日昌，過去在長庚醫院卅年期間，培養出不少優秀子弟兵，衛生福利部北區醫療緊急應變中心副執行長、災難醫學科主任蕭雅文便是其中一位，她也隨著陳日昌來到桃園醫院堅守崗位。

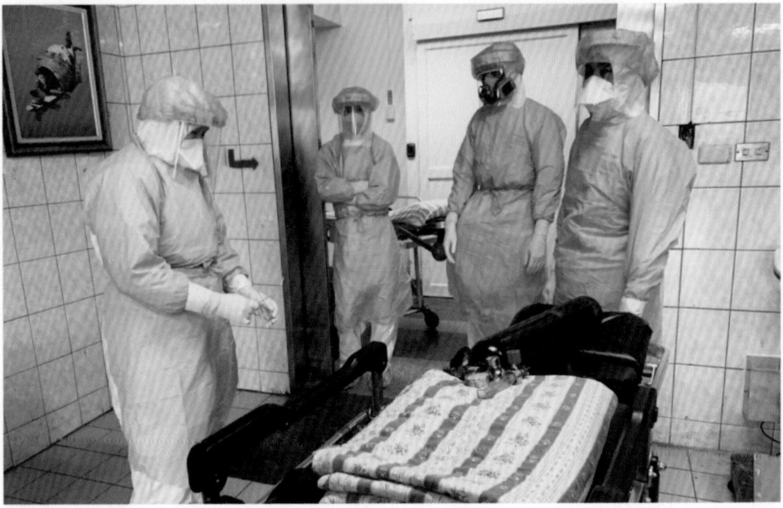

桃園醫院在發生疫情時，必須在三天內完成清零計畫，執行病患轉院事宜。

面對疫情蔓延，桃園醫院內科到外科無一倖免，越來越多病房、不同科別都被匡列隔離，院內空蕩蕩「戰力短缺」，沒人有辦法繼續運作，而急診病患數下降，急診醫師應變能力高，蕭雅文因而被召集執行後續的全院大採檢、轉送病患等任務。

「清零計畫」中，要清空院內最後的七十四名病患，陳日昌當時負責總指揮，只有短短三天時間要完成，從早上八點接到指示，便開始聯絡家屬、救護車，還有位於北部、中部共十二家醫院。為了加快速度，他召集品管中心擔任指揮部，請各病房整理出需轉院病患名單，並交由急診執行轉出，三組人馬同時進行，「用很少的人力做很多的事，很難，mission impossible（不可能的任務）！」陳日昌說。

「我已經超過六十歲，當時連續卅天都沒休息，常常回家就被召回，可能是腎上腺素爆發…」，陳日昌對於當時超量的工作，也只能笑笑地自我調侃。除了要解除桃園醫院院內的感染炸彈，陳日昌同時還負責兩家檢疫所管理事項，以及各類專案任務，加上先前防疫做了一年多，原以為清空醫院病患，部桃事件就可告段落，沒想到一月十九日案八八九確診，但感染源不明，加上案八八九又曾在桃園醫院住院過，讓部桃復原計畫更加艱困。

PCR外加驗血清抗體　忐忑賭一把

為了要讓部桃防疫歸隊，必須執行「清零計畫」，起初全院員工做PCR核酸檢測，陰性過關；沒想到這時多了一道關卡，被要求要全院再做血清抗體檢測。「當時部桃是不同意抽血檢驗血清的，若回溯半年時間是否有確診，萬一出現了三、四個，我該怎麼解釋，根本解釋不清！」陳日昌道出當時的忐忑不安。

桃園醫院要恢復營運，得自我證明「院區乾淨」，要讓民眾沒有質疑、除掉陰影，才能光明正大、敲鑼打鼓恢復營運，不過這也同樣承擔極大風險。陳日昌回憶道，當時桃園醫院就是「賭一把」，結果血清篩檢「全院都陰性！」有專家懷疑檢驗造假，雖然他對這結果也有點不可置信，但他也直言反駁：「這怎麼可能造假，沒人敢啦！」

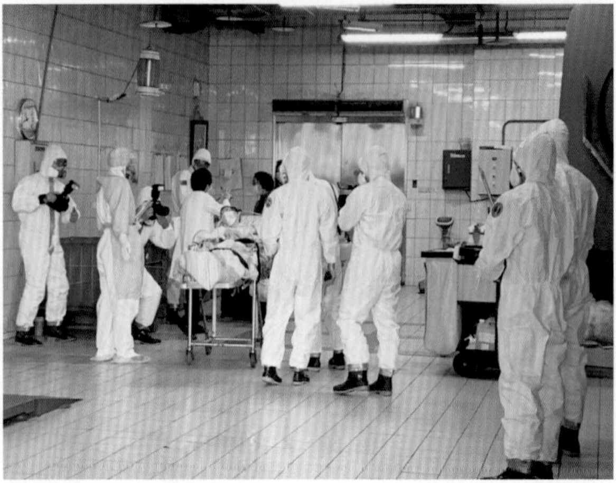

桃園醫院在群聚事件轉出病患，僅保留安寧病房與加護病房等不方便移動的重症病患。

服務量需卸載　轉院名單費思量

當時，首要工作，就是讓桃園醫院服務量卸載，也就是必須決定哪些病患該轉院？哪些病患該留下來？幾經討論後，安寧病房與加護病房六十九位不便移動的重症病患、具有接觸史的病患必須留下來，並採一人一室的方式照護。

護理之家的老人，因為房舍單獨成棟，比較安全，他們身上又有許多維生需要的醫療管線，不便移動，也必須留下來。而醫院裡其他七十四名沒有接觸史與旅遊史的住院病患則全部緊急送往其他十二家醫院。桃園醫院絕大多數的門診則一律叫停，僅保留內科、外科各一診，急診部也停止接收一一九急症轉送服務，以降低桃園醫院的承載量。

至此，桃園醫院的服務對象就僅限於員工、員工家屬，以及少數慢性病的老病患了。特別是後者，他們長期在桃園醫院看病，對醫院已經建立起很深的依賴感。若不

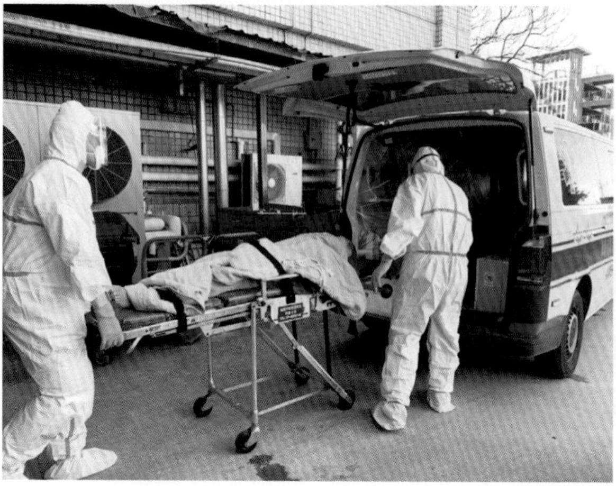

桃園醫院清零計畫第一階段的住院病患轉院任務，是由急診部負責。

湊巧他們又在關鍵期間在桃園醫院回診，形同有了接觸史，而被健保卡記註了一筆，就多少影響他們日後至他院看診的便利性。為了不影響這群人就醫的權利，桃園醫院也理所當然對他們伸出雙臂，承擔起照顧的責任。

在此期間，急診部也負責廿四小時的電話諮詢，以彌補各種不敢就醫又有醫療問題的病患需求。碰到非救治不可的對象，桃園醫院也會破例收治。急診部主任鐘亢就透露，曾有一位桃園醫院的護理師突然爆發急性闌尾炎，急診部也是硬著頭皮開刀收治住院。「自己的員工自己救，自己的醫院自己救！」他充滿氣魄地說。

急診部執行轉院——「一人科」出奇功

急診承擔著的，還不只是看病救人的功能，清零計畫第一階段的住院病患轉院任務，也是急診部負責執行的。因為救護車的調度一直屬於急診部的工作內容，所以從編列病患名單、連絡醫院、發轉院單、救護車安排、移動路

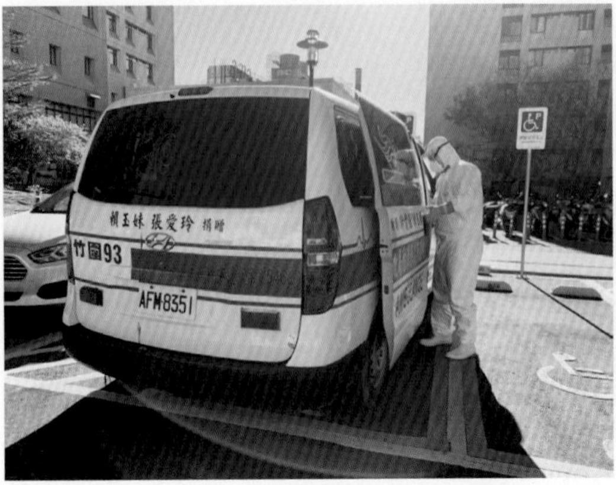

桃園醫院執行轉出病患的時候，曾發生救護車不足的情形，後來請專人執行調度工作總算解決。

線規畫等各種細節，悉數由急診部承擔了起來。

承擔這個工作的是桃園醫院急診部災難醫學科的蕭雅文主任。她是醫院急診部的「一人科」，平常沒有急難時，負責的是教育訓練與演習等工作，但當緊急事件發生時，她的角色與功能就發揮出來了。所謂「養兵千日，用於一時」，在危急時分，才凸顯了這個一人科的重要性！

採訪時，前前後後諸多受訪者都千叮嚀萬交代，「一定要採訪蕭雅文醫師！」甚且，還有人以「靈魂人物」來形容她的重要性。

所以，當這位蓄著短髮、打扮幹練，宛若女俠般的女醫師出現受訪，並展示了她邏輯清晰的簡報PPT以後，立即就能讓人明白，何以蕭雅文在清零計畫裡，承擔了不可或缺的重責大任。

在這次的清零計畫裡，住院病患的轉院，以及員工大普篩的標準作業流程，都是蕭雅文負責統籌的。而這兩件事皆與清零計畫能否成功有關，蕭雅文的角色確實居功厥偉。

為了轉出病患，桃園醫院商請桃園市政府、桃園市消防局等單位協助，動員部立醫院與民間救護車支援。

一開始救護車不足 轉院流程卡卡

在住院病患轉院的第一時間裡，蕭雅文並沒有介入，結果流程不太順利。剛開始以大巴士與中巴士送走了十位可以勉強走路的病患與家屬，車上則有隨車護理師或醫師偕同照料。其他身上插滿醫療管線或是無法走路的臥床病患，就非用一人一車的救護車不可了。

但救護車的數量明顯不足，第一天不是久久才迴轉一班，就是車來了，病患卻還在樓上打包行李，完全沒有準備好。整個轉院的過程因為資源不足與經驗不夠，進度明顯受到耽擱。院方發現不對勁，立即指派蕭雅文來負責統籌。

蕭雅文以一個晚上擬訂好流程，並請護理長作為各個病房的聯絡窗口，負責備妥病摘與做好病患出院準備的工作，她與柳育漢專員只要負責救護車的調度與進度，以及隨車人員的著裝工作，以讓工作有所分類，並各有所司，第二天的運作就開始上軌道了。

蕭雅文發現，桃園醫院的合約救護車，雖有六輛，實際上可派應用的只有三輛（因為對方尚有其他合約客戶要使用），但等待轉院的病患卻高達七十四名，有的路程還很遠，救護車完全不敷使用。準備接收的醫院則散佈在北臺灣與中臺灣各處，有林口長庚醫院、八〇四醫院、和平醫院、內湖三軍總醫院，以及基隆、臺北、臺中、豐原等四家部立醫院，來回都要不少時間，嚴重影響進度。

請求增援救護車　她拚上「廿年人脈」

於是，蕭雅文請陳日昌副院長立即聯絡桃園消防局，請派十二輛救護車支援，也請臺中豐原醫院協力六輛，最後再請桃園市政府聯絡民間救護車續援六輛，後來乾脆商請接收病患的醫院直接出車過來接人。就在大家的通力合作下，從早上九點開始，一直載送至隔日凌晨兩點半，才終於把七十四名病患一口氣全部轉送出去。

蕭雅文一邊解說，一邊展示著照片，那些躺著、被攙扶著、輪椅上的病患，看起來很脆弱，他們總算放下懸著的一顆心，知道可以離開病毒暴風圈。而且最重要的是，病患不送走，後續的消毒工作無法展開，清零計畫的執行力就打了折扣，桃園醫院的危機就會延長。

為了完成任務，蕭雅文笑說：「累積了廿年的人脈，這幾天都用完了！」她平日常去消防局或民間單位授課，而每輛車除了開車司機，亦附帶一位隨車救護員，而不

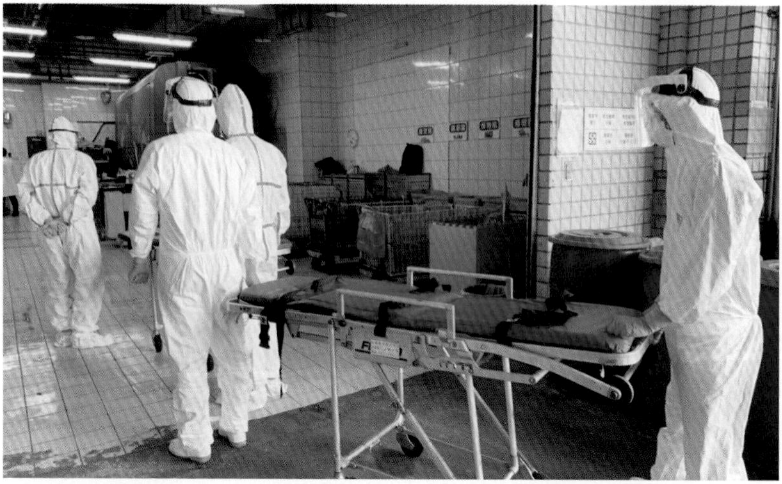

轉出病患有繁瑣的作業流程，包括病患的順位、床位、姓名、陪病者、科別、轉送等級、接收醫院與抵達時間等資料都必須齊備。

管是開車來的打火兄弟或是支援的救護員，她幾乎都熟識，來的不是朋友就是學生，「認識朋友很重要啊！」這位具有俠女風範的醫師為遊走江湖做了這個結論！

問蕭雅文：「如何能在這麼短的時間內擬訂如此順暢的標準作業流程？這些珍貴的資料，又能否公開給其他醫院參考？」「這是我的專業，平常就在收集啦！也不算是我的智慧財產權啊！」她笑瞇瞇地回答，展示了電腦裡許多國外參考資料，一點都不藏私。

在她的那張SOP表格上，分別註記著如下的資料：每位病患的順位、床位、病患姓名、陪病者、科別、轉送等級、管路氧氣與其他設備、接收醫院、轉送單位、轉出時間、抵達時間。真是一清二楚，完全掌握了每位病患的轉院流程。看到這張表格，莫不慶幸桃園醫院有蕭雅文！

為了避免疫情擴散，桃園醫院轉出病患是與時間賽跑。

七十四人轉到十二家醫院　護理科短時間完成大工程

這一次的轉院機制，還特別啟動專案措施，指揮中心宣布緊急清空醫院，在最短時間內將病患移至其他醫院。被安排轉出的病患依據風險分為三級，計畫性、全盤性移出，僅留下無法轉出的病患，並保留一定比例的醫護人員，除了降低院內風險，更避免把疫情帶到其他醫院。

爆發院內感染，雖然外界曾喊出是否要封院或淨空的聲音，有鑑於SARS風暴的教訓，封院實屬下下策，指揮中心馬上在部桃成立前進指揮所，下令撤離病患、載運病患轉院。這起院內感染同時為國內首例醫師確診，在在考驗桃園醫院的應變能力、全體團隊的合作互助，以及醫療資源整合運用。

而控管病患轉出、調派救護車協助病患轉院的重責大任，由護理科主任陳素里一肩扛起執行細節，短短三天內，全數轉出至十二家醫院，讓原先在桃園醫院治療住院的七十四名病患，得以在其他醫院繼續治療。

在轉出之前，還需先將病患依風險分級。先列出加護病房重症病患、安寧病房病患，以及桃園醫院特別收治的戒護人犯，這些都無法緊急移動。

經醫院評估後，共有八成病患可以轉院，而轉出醫院的收治則由陳日昌副院長協調。前段作業確定之後，接下來就是依狀況與優先順序轉出，雖然從國外疫情爆發後，國內已經歲月靜好了近一年時間，但院內感染引起高度關注，亦是疫情以來最重大的危機，各醫院嚴陣以待，必須要收到詳細的資料，才能配合執行相關措施。

北病南送　與時間賽跑

「為了防止疫情擴散，我們必須跟時間賽跑，盡快把病患轉出！」陳素里記起當時的緊急心情仍恍如昨日。身為醫護人員，最重要的就是照顧好病患，病毒的威脅籠罩著醫院，為了配合轉院機制，趕緊在廿四小時內完成採檢、準備病歷證明，採檢呈陰性才符合轉院規範。

同時，在轉院前，必須充分與家屬溝通，還好大致都獲得同意，接著準備讓病患順利銜接至十二家醫院。從一月十九日起，醫護人員全副武裝，小心翼翼協助病患上救護車或小巴士，不斷載運轉院。而門診、急診也不再收治新的病患，門診只提供複

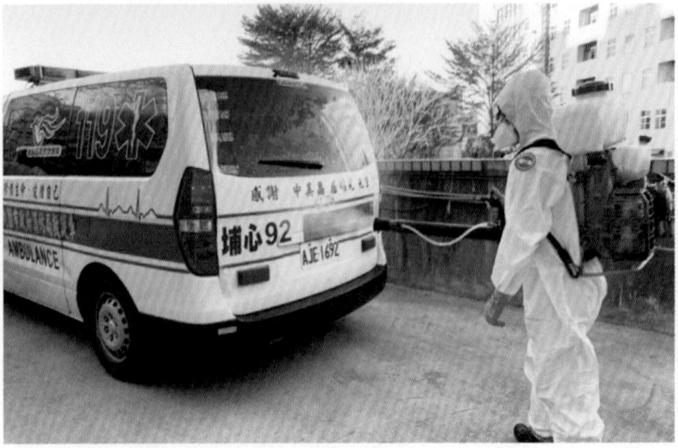

當時所有轉出病患的救護車，只要執行一趟任務後，就必須徹底消毒，才能繼續接下來的工作。

診病患回院，醫院保持最低的降載運作，直到全部病患清零。

陳素里回憶，前兩天的轉院作業，從白天忙到半夜，同仁們在一旁檢視所有物品確實上車，避免漏掉評估資料、病歷表單，讓收治銜接後續順利。「過程中遇到的最大難題，是救護車不夠！」這讓參與轉出病患工作的部桃員工，莫不興起「萬事俱備，只欠東風」之歎！

當時只有六輛救護車來回奔波，每一趟出勤後要再確實消毒，儘管小巴士甚至有人出借私人房車都出動了，但還是擔心延誤時間。「我要一邊調度車子，一邊安撫病患，」同時收治的醫院也在另一端等待，環環相扣，回顧起來好似簡單幾句話，但陳素里在當時可是急得有如熱鍋上的螞蟻。幸好及時從平日區域的救護體系，另外再調度九輛救護車前來桃園醫院，解決燃眉之急，整體移動狀況在各方合作下，總算順利完成。

臨時換醫院　幾度驚險時刻

轉出病患過程中，也幾度出現讓工作人員心跳加快的時刻。

桃園醫院轉出病患日以繼夜，直到深夜也不停歇。

例如，有家屬先行至部立彰化醫院等待病患，但後來臨時改成部立臺中醫院、部立豐原醫院，家屬乾等一段時間後又快速轉到臺中。陳素里其實對家屬們感到很抱歉，也很感謝大家的體諒，因為有些醫院無法順利一次轉完，「轉院過程需要時間，等對方醫院也準備好、規劃動線分配，每個步驟謹慎小心，避免把疫情帶到其他院區。」她說，被安排轉出的病患以三個分級計畫性移出，轉院期間，每天都會追蹤這些病患的病情，祈願順利平安，早日康復回家；更要謝謝其他醫院在群聚事件升溫時之際，願意伸出援手。

轉院病患分成三級，最高風險為和確診醫護有直接照護接觸。而安排轉出的是風險較低的第二級與第三級，分別為可能跟確診醫護人員有短暫接觸，以及沒有特別接觸醫護人員者。

另外，病患轉院後需住專責隔離病房，而留院病患則安排一人一室，落實分艙分流。「團結作戰，才能戰勝病毒！」陳素里負責包機、篩檢、負壓病房等規畫工作，面臨巨大行政事務協調壓力，還得留心安撫年輕護理人員的情緒，彷彿大家的定心丸。

桃園醫院在群聚事件中，善用科技輔助員工做自主健康管理，展現數位防疫的成果。

抗疫期間堅守崗位，一個多月沒回家，力拚撐過這段關鍵期。

科技戰「疫」 建立智慧防疫系統

運用隔離方式來防堵大規模的病毒擴散感染，是醫療演進史常見的手段，隨著COVID-19疫情日益嚴峻，在部桃發生群聚感染事件，啟動臺灣首見的大規模「清零計畫」，院內也運用科技智慧支援防疫工作，建立健康安全防護網。

在疫情之下，用科技來解決隔離的問題，資訊透明化能讓人更安心！當5G、AI與醫療相遇，協助醫療人員在防疫科技上的布局，也加強病患的自主健康管理，有助於提升護理工作質量。桃園醫院副院長陳厚全專精骨科，曾至英國留學主修公共衛生，觀察近幾年的科技趨勢，發現新興醫療需求日益升溫。除了資訊數位化，遠距醫療和智慧醫院是疫情的最佳幫手，「大數據資料能幫助醫院超前部署，採取應對措施！」

資訊透明化能讓人更心安，讓病患知道自己的身體指數，反而降低了恐懼感。陳厚全舉例，十七世紀黑死病大流行時，

發生疫情首要步驟是封鎖與隔離，在智慧醫療發達的今日，善用資訊系統傳達各種訊息更是重要。

英國有個伊姆（Eyam）小村居民自動自發決定封村，用自我隔離的方式阻絕疫情蔓延。封村隔離的措施，的確有效阻隔了疫情，但也壯烈犧牲了部分村民。

時至今日，人類在醫學防疫大幅進步，善用各種科技工具輔助追蹤系統，也保護第一線醫護人員的風險。所有數據一目瞭然，幫助建立標準的診斷與隔離診治流程，數位防疫打造健康護城河。

防疫幫手 院內感染管制策略

部桃這一波疫情在院內蔓延開來，不論是確診或疑似染疫的民眾，都非常在意各項數字指標，尤其是每日的體溫，只要稍微偏高就很緊張。「院內人心惶惶，瀰漫著恐懼的氣氛，疫情造成群眾恐慌，被隔離者更是情緒焦躁不安。」陳厚全貼近第一線人員以及被照護者的心情，隔離病房內全都是儀器設備，偶爾生命數值下降了，發出極度不舒服的聲響。漫漫無期等待出院的日子，極需靠科技來解決，安撫人心也為民眾健康把關。而資訊武器在部桃群聚事件戰疫中，也扮演了關鍵角色。

陳厚全分享，「我曾先後在馬拉威、肯亞工作，深刻體會在窘困處境中，想辦法解決問題的成就感。」那段時間，他也從旁協助建立捐血篩檢的公共衛生系統，資訊處理的應用扮演重要角色，所以他認為遇到疫情，將來更應好好運用科技捍衛健康、擊退病毒。

相較於國內其他醫療院所及中央流行疫情指揮中心，啟用大數據分析技術遏止疫情擴散；桃園醫院也與華碩合作布局智慧醫療領域，使用ASUS的ZenFone Max Pro智慧手機、穿戴式手錶ASUS的VivoWatch，追蹤病患的脈波指數、血氧濃度、心律監測以及睡眠狀況等身體密碼。

桃園醫院與品牌大廠華碩於二〇二〇年三月、五月已簽署合作備忘錄，打造智慧醫療實驗室。二〇二一年一月初的疫情，便提前運用醫療等級的穿戴裝置，落實病患的健康管理。

「我們早在二〇二〇年五月，就已讓病患使用智慧手錶量測心跳，再用遠傳5G傳送到華碩的平臺解讀結果，每十五分鐘測量一次，及時掌握健康狀況。」陳厚全希望科技可以協助醫護人員瞭解病患狀況，而每支手智慧錶都有ID身分證，個資保密，只有少數桃園醫院員工知道病患資料，系統自動透過過去七天記錄的數據分析，判斷個

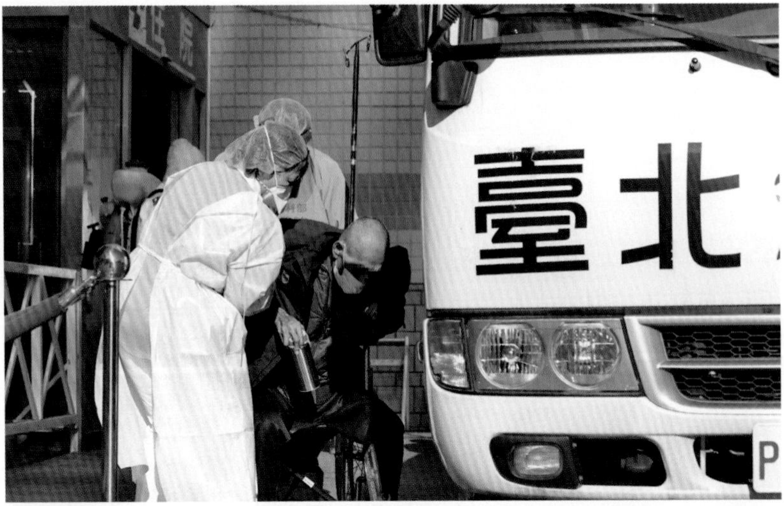

醫院遭病毒入侵，轉出病患是當務之急，然而當虛弱病患要移動另一家醫院，是一項繁瑣的任務。

人健康狀況，給予合適健康建議。

智慧醫療能發揮早期預警系統資訊的效用，醫院嘗試使用智慧科技防疫，另外也可降低染疫病患的孤立感。當病患被告知確診時，除了感到未知害怕，隔離住院也會加重病患的孤寂感，智慧手機有公用Line，可隨時線上詢問醫護同仁，解少接觸感染的機會。醫療級的智慧科技，在桃園醫院群聚感染事件中，共使用四十六支ASUS的ZenFone Max Pro智慧手機、一百廿六支ASUS的VivoWatch，提供全天候的健康趨勢追蹤與數據分析功能，隨時管理各項數據，也建立數位健康模型。

遠距醫療　啟動部桃專案APP

疫情讓各醫院、生技產業致力開發智慧醫療，避免治療病患時的感染風險，桃園醫院更陸續研發並推出智慧防疫科技，並即時掌握各病患狀況。

當二〇二一年一月爆發院內感染時，中央流行疫情指揮中心也緊急推出「檢疫民眾緊急醫療線上諮詢」平臺，用手機掃描QR Code即可做線上諮詢。主要功能為針對隔離、居家檢疫期間，可以到醫院進行篩檢的民眾，先在線上進行諮詢，同步通知當地衛生局和看診醫院，確保病患運送過程，就醫過程達到防疫要求。

而另一項由衛生福利部推出的「社交距離APP」，也是先由桃園醫院做測試，只要符合一點五公尺以內和十五分鐘的接觸定義，手機畫面就會跳出警告訊息，通知曾和確診者接觸。桃園醫院總共有超過三千兩百位工作人員，其中包含逾五百位外包商，全部參與模擬確診的使用，強化數據正確性。針對部桃復原計畫，部桃試辦「社交距離APP」，運用科技、善用工具，可以改善許多臨床照顧的缺點，也改善醫療緊張關係，由此可見，疫病隔離更需要群眾健康管理。

我的經驗分享

陳厚全 副院長

病毒不會挑人傳染，誰都不願意染疫！我們可以多點同理心，讓確診者免去社會的指責、背負異樣眼光。

防疫應用科技—危機可以成為轉機

科技始終來自於人性，科技可以拉近人與人的溝通，而整個醫療團隊也必須要這樣做，不只是治病，而是讓所有人後續回歸生活。另一方面，也讓科技業看到產業轉型契機，藉由疫情，思考臺灣的醫療下一步可以怎麼走。一場突如其來的疫情，卻衍生出新的市場需求，危機即是轉機，運用科技即時掌握防疫資訊，就能減少病毒帶來的恐懼，何嘗不是因禍得福？

整起桃園醫院群聚感染事件，從成立「前進指揮所」、門診降載、病患重新分配到大規模清消，資訊科技的確串聯重要的溝通橋樑。而肩負重要的資訊管控大責，我認為除了要加強宣導醫院員工落實自主健康管理外，也要導入智慧醫療能量來抗疫。

隨著COVID-19疫情的持續不退，目前看來防疫是長期戰役，醫療科技服務是最佳防疫照護利器，提高照護效率、整合醫療戰情、提升資源利用，把醫療人員的感染風險降到最低。未來院內也將持續合作投入資源，共構防疫後盾，善用科技力量來守護全民的健康。

04

第四章

清零為重

——擴大篩檢方案

第四周

2021. 2.1-2.7

本周重點

篩檢

事件軸：

- 部桃院内群聚感染事件，共造成廿一人染疫，指揮中心為有效避免疫情擴散，也大規模展開部桃專案，針對相關人員於二月七日、八日進行擴大隔離與採檢。
- 部桃擴大篩檢計畫成果報告，全院PCR核酸檢測兩千一百卅五人，結果皆為陰性。
- 指揮中心評估部桃院内部持續感染風險解除，二月七日起取消針對該院員工及前述門急診病人健保卡「自主健康管理」註記。

專案啟動 擴大隔離與血清採檢

採檢SOP 魔鬼藏在細節裡

清消從嚴

桃園醫院在二〇二一年二月三日啟動清零計畫，連續三天採檢兩千一百人，中央流行疫情指揮中心為有效避免疫情擴散，也大規模展開部桃專案，針對相關人員於二月七日及八日，進行擴大隔離與血清採檢。

轉出病患的降載運量總算完成了，桃園醫院接下來的緊急任務是全院大消毒，特別是那些被歸類為紅線的危險區更首當其衝。

環境採檢 連enter鍵都不放過

桃園醫院被區分為紅、黃、綠三區。紅區是確診者活動範圍，黃區是有接觸史者的活動範圍，綠區是安全範圍。當時，大規模篩檢還沒有開始，檢驗科與感染科的人

桃園醫院轉出大多數病患後，全院包含護理之家都大消毒。

手不足，需要採檢的數量又非常龐大，急診部人員就擔負了採檢工作。桃園醫院急診部護理長黃欣萍說，前前後後急診部出動了十幾趟人馬，終於偕同感染科、檢驗科與總務室，一起完成了這項任務。

根據檢驗科主任張百齡的說法，採檢的範圍非常廣泛且很細節。採檢的方法是以棉棒塗抹環境裡經常被使用的物品，這些採檢位置還被條列成一張採檢清單（Check List），例如：床欄、呼叫鈴、床邊桌、廁所門把、大門把、電話、滑鼠、電腦鍵盤，特別是enter鍵！採檢的醫護人員必須穿戴全副武裝防護衣，小心翼翼地進行地毯式取樣，即使很小的縫隙都不能落掉。採檢之後，所有的採樣棉棒會放進傳送溶液裡，再交至檢驗室統一處理。

這個採檢工作還重複了兩次，消毒前一次，消毒後再一次，以確認是否消毒乾淨了。可謂戒慎恐懼、萬般小心啊！

全院大規模採檢 急診部無怨無悔扛起

轉院與採檢這兩項任務，都已經夠讓人忙碌了，但對於急診部，都還稱不上是重頭戲，真正責任最大，工作負荷最沉重的，是全院大規模採檢。亦即，無論是對人，還是對物，安全檢測的工作，急診部都必須扛起來。

急診部護理長黃欣萍，扮演的就是執行大規模採檢的要角。這位在二〇二〇年十一月底才調至急診部的「阿長」，剛到急診部就遇上了桃園醫院從未有的難關，為了避免家人遭受無謂的歧視，她選擇在醫院宿舍與其他九位護理師，一起共度了廿天，等最艱難的風頭過去了，她才回去與家人團聚。

回憶起這段過往，這位阿長倒是心平氣和，她說，有兩位讀國小的孩子，「每天用視訊跟我聯繫，他們還每隔兩天就送四千西西的水給我，希望我維持健康的體魄。」黃欣萍分享這一段過程，那時身體雖然感到疲累，但內心卻是甜甜的。

這段日子，不僅黃欣萍很平靜，護理師們的情緒也很平穩。「若不如此，要如何工作呢？」黃欣萍回答得非常理性。確實如此，採檢是停止這場危機最重要的環節，因此負責這項任務的第一線護理師的情緒管理至關重要。

急診部總共有六十二位護理師，為了分艙分流，黃欣萍將人員分成了兩組，每組再分白班、小夜班與大夜班，然後以兩組六班人馬三班制的方式，以上四天班休四天

部桃專案的擴大篩檢計畫，挑選在醫院通風良好的停車場進行員工的相關篩檢。

假的步調，進行廿四小時輪值，讓大家在操過頭了以後，還有時間好好喘一口氣。大規模採檢的地點，就選在獨立成棟的停車場的一至三樓。

篩檢區選在停車場　能保持距離又通風

選在那兒是基於立體停車場具備空間大又通風的優勢，大家足以保持安全距離，即便在篩檢過程裡，潛藏著危險病患，也能將風險降至最低，而最為安全。

篩檢區被分為三個區塊，分別是等待區、預備區、採檢區。等待區還再細分為每六個人為一小格，數個小格組成的等待區約可同時容納卅餘人。

預備區則能收納六位被篩檢者，以應對六位負責採檢的醫師，而醫師的數量，可視採檢人數的多寡進行調度，偶爾會調整為三至八人不等，篩檢隊伍也可調整為三至八排不一。

而等候區的地板上，則標貼了若干等候位置的三角箭頭，大家只要站在三角箭頭上靜候，就維持了排隊的秩序與安全距離。黃欣

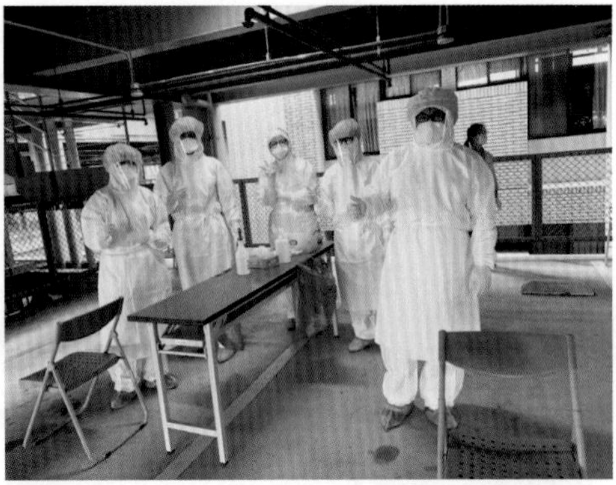

桃園醫院為員工進行採檢時，工作人員都得穿著俗稱兔寶寶裝的防護衣，連上廁所都不方便。

萍說，如此安排後，只要前面的人採檢完畢，後面的人就可立即補位，大幅增加了採檢的速度。

採檢首重動線　兔寶寶防護衣不可少

設計這個採檢SOP流程的，又是災難醫學科主任蕭雅文。受訪時她展示了許多大規模採檢現場的照片，強調採檢過程最重要的就是「動線」！亦即，預備採檢與採檢完畢的人流動線絕不可以重複，以免混亂。

她也規畫了兩個帳篷休息區，一個是工作人員的，一個是受檢者的，萬一中間有任何人身體不適，皆可移至休憩區休息。出入這兩個休憩區的動線，也一樣不可以交錯，而各有其徑。

蕭雅文並在現場規畫了兩名安全官，分別是蕭雅文自己與柳育漢專員，藉以掌控全場的運作。安全官的角色，一則管理動線，二則監控醫護人員的穿著防護衣的時間。因為任何人只要穿著密不通風的防護衣太久，即可能脫水而中暑，所以她規畫每個醫護人員的工時不超過一點五小時，就必須下場換人，以保護工作同仁的安全。

採檢時的動線安排都有一定的規則，這需要事先的仔細設計。

對於這套極度麻煩的全副武裝，黃欣萍做了詳細的描述：「他們必須頭戴髮帽、目罩護目鏡，鼻口掩著不太好呼吸的N95口罩，身上穿著一層PPE防護衣與一層防水隔離衣，手上再戴上雙層手套，足上還要蹬著一層鞋套。這整套裝備一套八式，穿起來密不通風，對身體產生極大的負擔。」

「不過這一次，真的發生一段小意外，一位醫師才上場半小時就身體不適，安全官馬上安排他人接手，以讓這位醫師至休憩區更衣休息，」蕭雅文說。穿著這套兔寶寶防護衣的另一個問題，就是不便如廁，所以醫護人員都要先上完廁所才敢著裝。但萬一真的有人臨時內急呢？安全官也必須要解決遞補問題，以防止採樣的過程任意中斷。

總而言之，舉辦任何活動都必須顧慮人性，並做好「以防萬一」的措施。這次桃園醫院的大規模採檢既有完善的設計，也有貼心的規畫，堪稱進行了一場良好的示範。

部桃危機四十四天　逾兩萬次採檢

採檢聽起來似乎很簡單，但大家若知道在二〇二一年一月十一日至二月廿三日這四十四天裡，急診部前前後後進行的採檢次數超過了二萬次，可就要咋舌了！

桃園醫院的員工約兩千六百餘人，每個人至少做了「PCR核酸檢測」與「血清抗體快篩」兩種不同的篩檢，總計五千兩百次以上，再外加上家屬、病患、護理之家的老人、外包商、有接觸史的隔離者、住在危險社區的人、出國需要的人，或是任何願意進行自費篩檢者，數量就更驚人了。

所謂自費篩檢者，舉例如返國奔喪者，依規定，可在隔離滿五天後告假兩小時，外出參加告別式，但前提是PCR核酸檢測必須過關；其他如某些被迫出國，登機前又需要陰性篩檢證明的人也包含在內。當然，一些自認出現了輕微症狀而緊張不已的人，為求心安，也可以來進行自費篩檢。

以這一次部桃群聚事件的隔離者而論，其數量多達近五千人，其中部桃員工占五百四十二人、回溯專案隔離的有三千五百零一人、社區隔離者有八百四十五人。雖然不是所有的隔離者都需要採檢，但當中需要採檢的也為數不少，其中還有許多人前後採檢了三、四次，急診部主任鍾亢聽到的最高紀錄是一個人總共篩檢了七、八次，即可理解何以篩檢的人數如此龐大了。

有醫護人員戲稱穿防護衣流滿身汗，有如人肉燉汗汁。

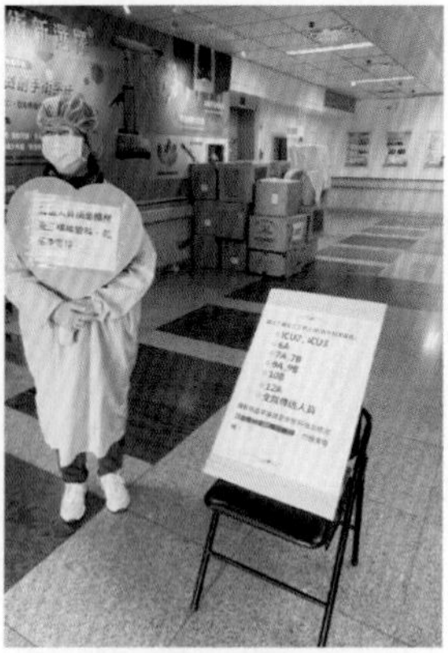

桃園醫院擴大篩檢計畫中，有些人可能需要反覆採檢，也許因為病毒量不足，或是處於病毒繁殖的空窗期。

對於何以同樣的人需要反覆的篩檢？答案是，可能是所需篩檢的病毒量不足，或正處於病毒繁殖的空窗期，造成必須一次又一次的重來。也可能是被匡列為高風險者，而需要反覆地檢測。要依病毒感染的自然週期安排分段檢測，因事先無法得知處在感染周期的哪一個階段，但基於「疏而不漏」的概念。最終，這些檢測累積起來的數量變得非常可觀，形成桃園醫院急診部龐大的工作壓力。

鍾亢曾經在臉書裡看到其他醫院的急診部抱怨，「一晚上來了十一位篩檢的人，忙到他們快死了！」鍾亢聽了這句話，他黝黑的臉龐上閃過一抹自豪地微笑，他說：「桃園醫院急診部在高峰期，曾經一個晚上就要採檢四百人！」如果一晚應付十一個人就快死了，那麼每天要面對三百至四百位需要篩檢的漫漫人龍，會是什麼光景呢？答案應該是無法想像吧！

防護衣有如悶燒鍋 爆汗「燉人肉」

暫不提採檢的數量是多麼可怕的負荷，只要先想想醫護人員必須全副武裝的上場，就要倒吸一口氣了。那款一套防護衣，穿起來起碼耗去十分鐘。當採檢的人多時，醫護人員穿上這套衣服，就像裝進了悶燒鍋，汗汁燉人肉，全身都濕透了。但人少時也令人頭痛，他們必須不斷地穿穿又脫脫，換防護衣像開流水席一樣，反覆的採檢與穿脫不止麻煩，更增加了醫護自身感染的風險。

黃欣萍回憶，有一次，桃園醫院緊急召回有接觸史的病人回來進行篩檢，那一晚總共召回了卅至四十位病人，而這些病人抵達的時間前後不一，分散在整個晚上。護理人員本期待每湊齊四到六名後，再來一次更衣著裝，一次篩檢完畢。

但是這些不明究理的病人，可就沒有這個耐性，等煩了就發起脾氣來，擺足了臉色給護理師看。「他們不知道，光是那一晚，這些護理師面對那套全副備裝，就反反覆覆穿脫了十幾次啊！」黃欣萍頗為無奈地說道。這種辛苦，真是箇中滋味，無人知曉。

對於採檢，桃園醫院檢驗科主任張百齡又做了進一步的解釋。一般人無法理解「PCR核酸檢測」與「血清抗體檢測」到底有什麼差異？何以桃園醫院的員工需要進行兩次篩檢呢？

PCR核酸檢測、血清 部桃人兩樣都來

張百齡說，「PCR核酸檢測」檢測的是抗原，用以確認當事人眼下是否罹患了COVID-19。而「血清抗體檢測」檢測的是抗體，而抗體是感染過後又康復了才有的免疫力，檢測的是當事者是否曾經染疫。而部桃群體員工，在既有的「PCR核酸檢測」之外，又加碼「血清抗體檢測」，就是希望除了能找出感染者以外，也希望為能傳染擴散的路徑與時間，提供更多可資判斷的線索。

很幸運的，無論是二月三日至五日進行的PCR核酸檢測的三千兩百廿四人（含新屋分院三百卅四人），或是二月七日至八日辦理的血清抗體檢測的兩千四百四十一人（扣除部分已經提前檢測的高危險群），結果全部是陰性，大夥也因此鬆了一口氣。至於桃園醫院員工以外的受檢者，則不需要採取如此繁複的檢測，「PCR核酸檢測」就足以應付了。

PCR核酸檢測 棉棒一戳就噴淚

就像在電視看到的一樣，「PCR核酸檢測」的正確採檢位置於後鼻咽壁，是利用一根棉棒從鼻腔插入取樣，取樣的深度則直達後鼻咽壁。這個過程非常不舒服，依照黃欣萍的親身體驗，是連眼淚都要噴出來了！也難怪採檢的醫護人員必須全副武裝，

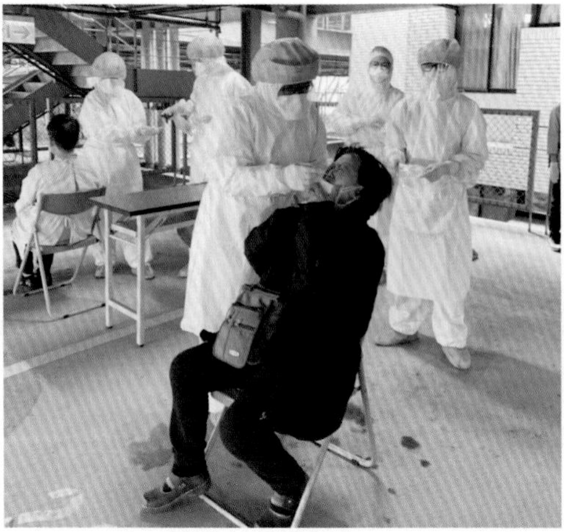
做核酸檢測時，棉棒必須深入後鼻咽壁取樣，受採者多少會覺得不舒服。

這確實是一項極具危險性的任務呢！旁觀過太多人受檢的蕭雅文，對此形容也很傳神，或許是受檢者已經做好受苦的心理準備，他們一坐下來「就是一副生無可戀，隨便你的樣子！」真是連畫面都出來了。

至於「血清抗體檢測」是以抽血完成的，因為檢測的是抗體，所以感染的第一時間是測試不出來的，除非是中後期的患者才可能檢測出來。也因此，篩檢站皆以「PCR核酸檢測」打頭陣，視情況之發展，再決定是否將「血清抗體檢測」納入，做補充應援。

消毒後的部桃　堪稱全臺最乾淨醫院

如今，桃園醫院的全體員工兩種檢測都完成了，環境也經過兩次採檢與消毒，這個辛苦歷程換來的，就是陳時中部長那句話：「桃園醫院現在是全臺灣最乾淨的醫院！」確實如此，這個最乾淨的醫院，應該也就是全臺灣最安全的醫院了！

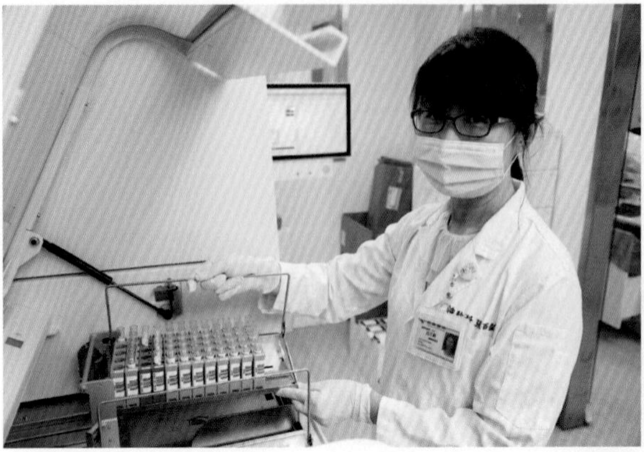

桃園醫院檢驗科在2020年處理的COVID-19肺炎檢體，接近一萬件。

蕭雅文又透露，歷經這次事件後，「桃園醫院的長官笑稱，這些身經百戰的採檢者，堪稱練就了『九陰真經』啊！而這次大規模的大普篩，形同就是『千人採』！」這個比喻實在太生動。

防疫的過程環環相扣，任一個環節的作業效能，皆牽動了整體成敗。急診部採檢的流程很順利，也需要下游單位的檢驗科配合得當，才能如願創造一所全臺灣最乾淨的醫院。也因此，桃園醫院的檢驗科是如何在如此短暫的時間裡，將如此龐大的檢體消化完畢，就成為另外一個值得借鏡的典範了。

依照張百齡的分析，檢驗科之所以表現得可圈可點，有它奠基已久的歷史基礎。因為桃園醫院長久以來，就扮演了國人健康安全的守護者。桃園醫院是全臺灣最接近桃園機場的醫院，也因此，外來的流行傳染病，理所當然就由距離機場最近的桃園醫院擔任起把關的角色。許多人或許未知，桃園醫院不僅是照顧桃園地區民眾健康的區域醫院，也被指定為「新興傳染病」、「愛滋病照護」、「肺結核防治」的專責醫院。

部桃群聚事件以前，桃園醫院就已經承接了兩成COVID-19確診者。換言之，桃園醫院的醫護人員面對COVID-19，其實經驗已經很豐沛了，包含檢驗科的成員在內，都是一群熟門熟路的戰將。

一年經手一萬四千例　檢驗科量能驚人

張百齡指出，之前的磐石艦、公主號、桃園護理之家群聚等事件的確診者報告，皆是桃園醫院檢驗科同仁不眠不休的努力結果。在部桃群聚事件之前，桃園醫院檢驗科在二〇二〇年接手的COVID-19檢體，超過九千八百例。二〇二一年，該單位所接到的案例也超過一萬四千例，皆足以證明桃園醫院檢驗科的實力。

桃園醫院之所以具此能耐，除了部門同仁全力以赴的努力完成任務以外，也因為部桃檢驗科擁有合格的P3實驗室。實驗室的等級最高為P4，臺灣僅有三峽實驗室具備之。換言之，桃園醫院的實驗室檔次已經非常優異了，也因此，他們才有能力接手許多其他醫院辦不到的任務。

泡泡旅遊快速檢驗　仰賴部桃實驗室

歷經這次的部桃群聚事件，部桃檢驗科的實驗室又更上層樓了。以RNA病毒核酸檢測儀為例，除了既有的手動式與半自動式的兩種機器以外，檢驗科又增加了升級版的全自動式機器。

在速度上，手動式的，一天可抽檢卅個檢體；半自動式的，一天高達六十個檢體；而全自動的，則擁有一天八小時三百個檢體的漂亮成績。這臺全自動的機器一旦廿四小時運作起來，即可擁有檢測一千四百四十個檢體的完美效益。不時地因應疫情的需要，不斷的技能提升，所以碰上「泡泡旅遊」這類航班出發前進行的篩檢，並在兩小時就要知曉結果的案例，當時也只有桃園醫院辦得到了。

緊急個案檢體—部桃報告出得特別快

自從疫情發生以後，張百齡對檢驗科的工作量，用「每天與時間賽跑」形容。因為疫情裡每一件事，無論好壞，幾乎皆有他們參與的身影。包括後來的華航事件、旅遊泡泡等，他們皆要支援。經常今天送來的檢體，當天就得交出結果。

碰到特別緊急的個案，例如，某個患者發燒又有可疑症狀了，醫師交代馬上要知道結果的，就必須四小時後就交差。他們每日的工作幾乎處於無縫接軌之狀態，一個接一個，絲毫沒有喘息的機會。以張百齡的話說，就是「連談話的時間都沒有！」當時，連友院都視部桃檢驗科為標竿，她坦言，「報告出來的都特別快！」

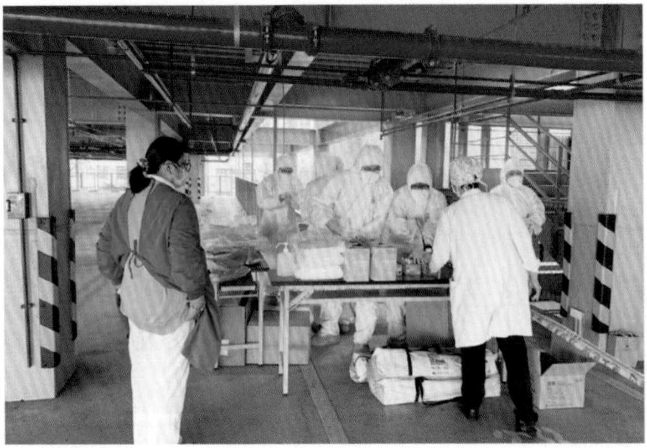
在疫情蔓延時，桃園醫院靠的是群策群力，才能快速將疫情控制下來。

贏得這個美名可不容易，這是同仁不斷的檢驗改進所得來的口碑。張百齡指出，本來應在晚上九點下班，因為疫情，經常拖到十一、十二點才下班，有時候甚至搞到半夜一兩點才能回家，還有同仁怕影響家人，在外面訂旅館不敢回家。「我的同事經常被老公抱怨，怎麼還沒回家呢？」她拿出來一張拍攝於凌晨的照片，一排人穿著防護衣還在挑燈夜戰。這其實讓她頗為不安，身為主管的張百齡，並不希望讓自己的同仁長期如此，她擔心長久下去，他們身心都會出狀況。

當問到，對於疫情期間有什麼特別的印象時？她的回答竟然是，「有印象的都不是在忙什麼，而是突然有某個瞬間，好像比較沒有那麼忙。」這個回答很深刻，也很無奈，完全反映了檢驗科馬不停蹄的狀態。

瘟疫蔓延時　同僚志願上陣添助力

所以，在這個瘟疫蔓延時節，張百齡內心最感謝的是她那群努力的同僚。在檢測機器上，桃園醫院檢驗科雖然擁有了神器，但若沒有勇將操作，一樣是折翼。儀器與優秀的同仁，就是檢驗科能夠展翅翱翔，缺一不可的雙翼。尤其，檢驗科的那群志願軍對她的支持，更是讓張百齡銘記在心、感佩萬分。

是的，沒錯，「就是志願者！志願者！」她反覆重申這句話，臉上充滿了自信與安慰。檢驗科總共有五十二名成員，但檢驗的項目其實非常繁多，專業分組也很細。若從檢驗組別分工，就有負責門診、急診、住院的檢驗，若以檢驗內容分工的，則有微生物、分子生物等等，真是五花八門。COVID-19屬於分子生物組的，既有的醫檢師僅有兩名。這樣的人力當然不足，在部桃群聚事件時，經張百齡登高一呼，就陸續來了六名志願者，才湊成了八個人三班制，日日夜夜地扛起了桃園醫院的重責大任。

張百齡說，在更早的磐石艦事件時，檢驗科就已經有志願者不畏危險，主動加入疫情工作，協助完成任務了。由此可見，「志願」幾乎已成為檢驗科最美好的工作態度與最珍貴的文化價值了。

名嘴爆料部桃丟棄檢體　子虛烏有

這些志願新軍皆是具備檢驗背景的同仁，立即走馬上任，誰也沒有怕苦怕累怕責任，就自動自發地在桃園醫院最危機的一刻走上戰場。所以過去一度有談話節目的名嘴，未經查證就隨便爆料，質疑因為檢體數量過大，部桃有丟棄檢體之說法，張百齡義憤填膺地直呼不可能，表明這是對所有醫檢師莫須有的傷害。因為丟棄檢體不但觸犯法律，更是桃園醫院檢驗科任勞任怨、每日挑燈夜戰的同仁們不可能出現的工作態度。

實際上，在部桃群聚事件發生之初，檢驗科就已經未雨綢繆地商借了一臺大冰箱，為了就是能夠儲存更多的檢體。而且在檢驗科的SOP裡，其中一個環節就是反覆核對檢體名單，以避免出錯。「核對檢體名單既是檢驗科非常重要的流程，又怎麼可能丟棄檢體呢？」即便在大規模採檢尚未正式展開前，有些手腳快的同僚就已經送來檢體了，檢驗科也沒有丟掉，一樣照單全收，而且將全院篩檢的檢測結果一一納入醫院系統，成為可資查證的紀錄。所以，對於那次不負責任的政論節目，張百齡選擇不回應，並以漂亮的工作成績，證明部桃檢驗科的清白。

部分檢體送他院檢驗　避免瓜田李下

當然，張百齡說道，在執行清零計畫的全院篩檢時，就算檢驗科每人有三頭六臂也是遠遠不夠的。何況當時已經為時一個月，經上級調度安排，全院篩檢前兩天的檢體，是送往三總、臺大、長庚、北榮等四家醫院協力處理，第三天的檢體，才悉數留下來由桃園醫院自己消化，而這就是團結力量大的完美結果。送往外院的優點，除了

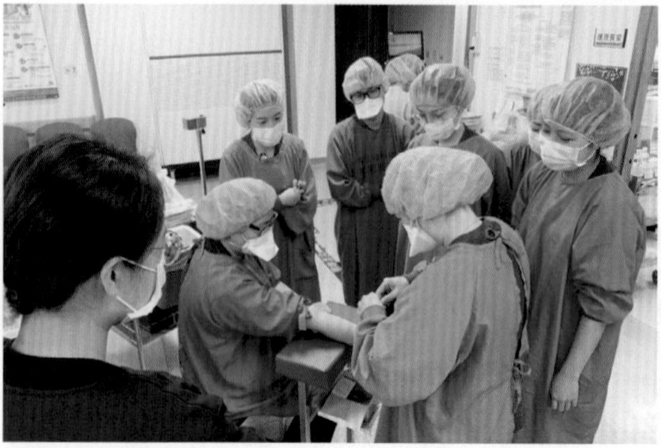

為快加院內員工採檢速度，護理師們還事先練習抽血。

紓解同仁的壓力，另一個意義也讓客觀第三方介入，以免於流於瓜田李下之嫌疑。

回顧部桃群聚事件，張百齡以「關關難過關關過」表達自己的心情。處理檢體其實不是一件簡單的事，檢驗科經常要面對愛滋病、結核菌等高危險性檢體，每一項任務都帶著風險，在一切以安全為前提下，他們分分秒秒皆抱持著「視同每個檢體都為陽性」的態度，謹慎為之。

檢驗時如臨大敵　堪比拆解未爆彈

而整個檢驗的流程是：醫檢師要戴著口罩、穿著一層防護衣，以戴著雙層手套的雙手伸進「生物安全櫃」，然後再於裡面打開檢體，進行前處理，之後才將其轉往密閉的機器裡進行檢測。等檢測結束之後，醫檢師還要經消毒滅菌，先丟掉第一層手套後，才能脫掉隔離衣，再丟掉第二層手套後才完事。這個過程必須小心翼翼，以免造成自我傷害與環境的汙染。

媒體常稱醫檢師是一群「拆解未爆彈的人」，這個描述很

桃園醫院曾搭建臨時帳篷，做為篩檢時的工作站。

貼切，這群幕後英雄，確實是清零計畫裡一群功不可沒的重要尖兵！正如張百齡所言，桃園醫院是一所新興傳染病的專責醫院，而且遠在部桃群聚事件以前，桃園醫院的對抗COVID-19的經驗就已經超過一年之久。

在未接觸桃園醫院的醫護人員以前，還以為這場災難勢必讓這群身歷其境的人飽受驚慌，至此方知，原來真正的當事者多有備而來，緊張的反而是在外面旁觀的人。

部桃急診設戶外篩檢站　風雨吹壞五頂帳篷

黃欣萍追溯過往，為這段抗疫歷史做了更清楚的說明。

二〇二〇年一月，COVID-19來勢洶洶，部桃急診部即已成立全臺第一個COVID-19檢驗站。為了考慮通風的安全性，桃園醫院選擇在急診部戶外搭建臨時帳篷。後來冬季天寒雨多又風勢驚人，急診部光被吹壞的帳篷就超過五頂以上。二〇二一年一月，急診部就將帳篷更換為組合屋了。之後，組合屋又再進化為負壓隔離室，讓高度可疑者能在一人一室之下接受檢查。

桃園醫院是新興傳染病專責醫院，醫護人員對抗病毒很有經驗，負壓隔離病房平日也門禁森嚴。

接下來，續增X光車，以讓病人在戶外攝影，醫師在室內連線進行影像診斷。後來又發現有些病人連站立拍攝X光都有問題，才將X光機也搬到急診部的門口了。回顧這段歷史，始知桃園醫院面對COVID-19的歷程，多到已經可以講述一串故事了。

黃欣萍表示，長時間的訓練，讓他們已經習慣與COVID-19共處，而且只要把防護做足，就不需要驚慌失措。以那套全副武裝的服裝為例，護理師們在穿戴整齊以後，彼此還要互相檢查，就唯恐有一點疏漏，因小失大。她反覆強調，急診部就是一個團隊，從急診醫師、專科護理師到護理師，甚至包含工友在內，大家都是一個Team，彼此都有相互支援與提醒之義務與共識。

急診全員安全　可見平時訓練精實

黃欣萍說，實際上，急診一直是跟COVID-19

最接近的單位，對於確診者、被懷疑確診者、未感染者，只要按照指揮中心發布的不同SOP處理，就會很安全。到目前為止，急診已經面對COVID-19一年多了，也沒有任何一位同仁淪陷，就可以知道平時精實訓練的重要。

同時，她要求護理師一定要熟悉有關疫情的各種疑難雜症。例如，病人可能會問：「公費與自費的篩檢，各自該如何處理？」「家人碰到了確診者該怎麼辦？萬一自己又見到接觸過確診者的家人，又該怎麼辦？」又如，一位產婦詢問：「接生的診所要求一定要PCR核酸陰性報告，該怎麼處理？」

這些疑問，黃欣萍一定會想辦法回答，也要求她的同事能夠回答，而不是要病人自己去打一九二二，自己找答案。擁有服務精神，穩定求診者的心情，就是一種自我心理建設。當自己能夠照顧別人，解決別人的疑惑時，自己也就不害怕了。

所以對於支援華航事件，「急診部負責的檢測、注射疫苗與收集唾液的工作，也是急診部的志願者前往的。」黃欣萍說。大家互相支援，而且主動支援，就是急診部團隊感情凝聚的最好證明。

主管身先士卒　危急時才能團結凝聚

對於這件事，特別追問了鍾亢，COVID-19似乎讓急診部的同仁感情變好了？

桃園醫院是一支堅強不懼的團隊，訓練有素。

「是平常感情就要好，緊急時才團結得起來！」他說。而平常是怎麼帶領團隊的呢？「身先士卒啊！有事自己先跳下去帶頭做，帶人要帶心！」他回答。

而這個回答，與詢問黃欣萍如何帶領六十二位護理師的方法，竟然如出一轍，果然是同一個團隊的急診部文化。黃欣萍甚至說：「一定要親身參與，才了解整個流程哪裡可能出狀況，才能立即修正呢！」

事實上，在這次的部桃群聚事件裡，全院只有兩個臨床單位是百分百全身而退，也就是沒有逃兵、沒有隔離者、檢測全部陰性、沒有人染疫，其中之一就是一直肩負防疫重任的急診部，這讓鍾亢特別感到自豪。

再詢問這些醫護人員，是否擔心自己的家人被歧視呢？大夥紛紛承認是有的。當時，有位護理師的老公，被公司要求停止上班；也有護理師在別的醫院看病，結果被拒絕繼續受理。黃欣萍同時還在上醫管研究所，學校則頻頻追問她有沒有被隔離；醫檢師的小孩在學校午餐時間吃便當，則被老師要求單獨坐在一邊獨食，而形同在學校裡被隔離了；鍾亢的小孩也被補習班要求停止去上課，諸如此類的事，真是多不勝數。

生日大餐變冷便當　朋友送來暖心蛋糕

在那四十四天裡，湊巧還碰到鍾亢生日，他徵詢了餐廳意見後，不得已取消了在那家餐廳預約的家庭聚餐。結果那個生日，鍾亢自我調侃地說：「我只吃了兩個冷便當，感謝有位朋友送了一個蛋糕來急診部，就與所有的同仁分享，也算共度了這個令人難忘的生日。」

對於那些另眼對待部桃同仁及其家屬的人，鍾亢聳聳肩說，「就用耶穌精神原諒他們吧！」也就是同情這些人，因無知而承擔了沒必要的與壓力。

這位歷經過SARS疫情洗禮的醫師，清楚地了解SARS的死亡率更高，COVID-19並不是最可怕的傳染病，而且只要醫護人員在工作流程裡，所有防護都做到位，就不必有罣礙。但不理解者，卻可能因為無知而心生緊張，每天活得特別辛苦。他估計，這些人可能晚上還沒有他睡得好呢！

鍾亢的心理素質如此優秀，究竟是如何辦到的呢？他笑說：「如果害怕，就不該當急診醫師，早就該轉行了！」回顧自己駐紮在醫院的那卅一天裡，鍾亢的心理狀態

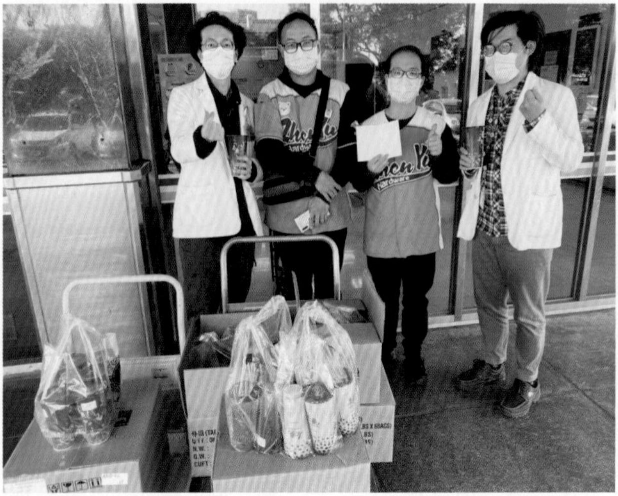

部桃群聚事件發生後，社會的愛心捐贈源源不斷流入桃園醫院。

是，「因為心繫醫院，心思反而變得非常單純，每天該吃的吃、該睡的睡、該上廁所的上廁所。從災難醫學的角度理解，人只要照顧好最基本的生理需求，就一定能活得下來。剩下的，靠的就是信念的支持。」

使命感成為力量　作好能力所及之事

他說，人並不是突然就變勇敢的，必須依賴理性判斷，才能增加自己的勇氣。在專業上，必須先清楚知道自己每天在忙什麼，而且追尋可達到的目標，並非瞎忙。在信念上，則是靠著使命感作為支撐的力量。由於當時只有急診可以發揮最大的作用，他也希望靠著急診的運作讓醫院及早穩定下來。「人反而會因此開朗起來，因為自己又多發揮了一天的作用啊！」

鍾亢面對意外災難的態度，其實頗具參考價值。簡言之，他的辦法，就是照顧好自己的作息，然後集中火力去做能力所及的有意義之事，其他則不必多想，心理素質就自然提高了！這位對工作充滿熱忱的醫師，即使已有廿、卅載的急診資歷，依然兢兢業業，鬥志昂揚，真是令人敬佩！

便當、手搖飲、中藥⋯愛心物資暖流不息

在這次的部桃群聚事件裡，正如媒體報導，也發生了許多感人的小故事，證明了臺灣社會自助助人的堅強韌性。

鍾亢說，剛開始他們都訂不到便當，當時的便當就是「一品饌自助餐」，結果他們一連五天都只能吃同一家的便當。「護理師訂手搖杯，平常卅分鐘就送來了，那段時間卻拖了兩小時還不來。而這個時間，就算從新竹都送來了吧！」鍾亢戲謔地說，「他們大概在抽生死籤，抽完了，才決定由誰來外送吧！」

說起這件事，黃欣萍很感謝中壢區復興路的「青時代燒肉店」，她還特別查了手機，強調要把這家店名公布出來。因為就是從這家店主動送便當開始，社會對桃園醫院醫護人員的關心就化為實際的行動了。當時，送便當的、送手搖杯的、送口罩的、送中藥的，甚至還有送衛生棉的，因為他們擔心護理師們沒有時間去買，真是不計其數。幾乎每天都有人送不同的物資來，有時候，上午一百杯手搖杯，下午又一百杯手搖杯，量多到急診部消化不完，就直接分送到樓上各個部門去了。

台積電捐零食指名檢驗科　英雄惜英雄

張百齡的檢驗科，是最不引注目的「幕後科」，但連他們也收到指名捐給檢驗科的物資。「那是台積電送來的零食。」她說，「或許大家都是在實驗室工作的人，特別惺惺相惜！」收到物資時，張百齡很是感動，是一種默默躲在幕後卻被人看到的感動。

鍾亢特別提到在這次疫情的危急時刻，周遭其他醫院對桃園醫院的支持，很讓人感動。所有的醫院其實就是一個彼此相連的整體，大夥兒其實都明白，如果桃園醫院挺不住，其他的醫院也會跟著一起淪陷。「最後可能就只是早三天與晚三天的差別而已！」這次醫界其他的單位願意提供資料，協助桃園醫院，反映的是同舟共濟的珍貴價值。

SARS手牽手歌曲—部桃防疫歸隊MV

這使他想起「手牽手」這首歌。「手牽手」是SARS疫情期間，集結臺灣音樂人為了表達對醫護人員的支持所創作的歌曲，時空背景與現在雖然差距了近廿年，但醫護人員的心境卻如出一轍。

在網路上，桃園醫院與這首歌的連結有兩首MV。一首是一月間疫情嚴峻時，桃

桃園醫院手牽手—部桃防疫歸隊MV

園醫院同仁在留守期間一人一句串唱而成的，那也是部桃同仁自己以手機錄製完成的。另一首則錄製於三月間，當時已事過境遷，院長徐永年、副院長陳日昌、陳厚全與王偉傑，就帶領各部門主管與同僚，一起合唱「『桃園醫院』手牽手—部桃防疫歸隊MV」，以藉此紀錄桃園醫院這段凝聚全體的抗疫片段。

第一首MV在網路上贏得許多淚水，那是部桃同仁不逃避、不氣餒的真實記錄。而第二首則表達了部桃重新出發的力量，就如這首歌的歌詞「不要再恐懼，絕不要放棄，一切將會度過，因為你和我，才有明天的彩虹。」醫療界的相互支援，以及桃園醫院同仁之間一起度過難關的向心力，就正如其歌詞一樣，讓他們備感共鳴。

『桃園醫院』手牽手—部桃防疫歸隊MV

總歸，部桃群聚事件不僅寫下了臺灣抗疫成功的故事，也改變了臺灣社會對待醫護人員的態度；相較於SARS期間，和平醫院封院，社會避之唯恐不及，是完全不同的結果。臺灣的社會在進步，部桃群聚事件則給了機會，證明臺灣比以前更好。

我的經驗分享

鍾亢 急診部主任

在我的醫療生涯裡，同時經歷過SARS與COVID-19兩次撼動全球的疫情，對這類頗具威脅力的新興傳染病，我的感觸也特別良多。也因此，對於部桃群聚事件的體悟，我認為最重要的就是：醫界應該更重視「災難醫學」。

臺灣天災多　應更重視災難醫學

桃園醫院的急診部依功能共分為急診醫學科、院前救護科、災難醫學科三者。急診醫學科是急診的核心，也是一般人最熟悉的急診部的工作範圍。而院前救護科一如其名，指的是病人到院前的急救與照顧。至於災難醫學科，則是針對地震、颱風、染疫等緊急災難事件時所做的急救工作。災難醫學科在臺灣發展得最晚，也是大家最不熟悉的一科。但臺灣既然位於地震、颱風好發地區，也是歷來各種大型新興疾病首當其衝的國家，這一科理應受到更多的重視。

在災難醫學科裡，最重要的核心隊伍即為「災難醫療協助隊」（Disaster medical assistance team，DMAT），也就是在災難發生時，訓練有素的醫護人員赴災區進行醫療協助之隊伍。

目前，急診部設有災難醫學科的醫院，並不僅限於桃園醫院一家，但具備該科已超過三年的桃園醫院，卻比別家醫院多了DMAT之規劃。DMAT是以醫院為本部，成員則來自於桃園醫院各科室醫護成員。這支DMAT曾出隊至花蓮、臺南等地進行地震救災；也參加過二〇一八年印尼龍目島地震的救災，堪稱一支具備國際救災經驗的隊伍。我衷心希望，桃園醫院未來能有更多的醫師接受DMAT訓練，才能在緊難降臨時，更好地發揮醫師救人天職。

人才之培育也在於平時，例如疫調，就是一個非常專業的工作，若不在非災難期間就予以訓練，災難來臨時必手足無措。而這也是我們必須正視的問題。

我的經驗分享

張百齡 檢驗科主任

若問部桃群聚事件之於我最大之感觸，絕對是人力培育應當趁早，不宜在兵臨城下之際，才以緊急調度，臨時抱佛腳的方法解決問題。

自疫情爆發以後，雖然檢驗科面對人員不足的危機，都仰賴內部同仁自動請調補位，才獲得解決，但作為主管的我深刻理解，此絕非最佳解決方案。最好的方法是平常就做好人才訓練，危機時刻，才能妥善善用人力。

人力訓練不能臨時抱佛腳

臨時抱佛腳的缺點是，被訓練者其實沒辦法獲得完整的訓練，以致他們也無法獨當一面。

以這次為例，我將適合檢測COVID-19病毒的分子生物檢測，再細分為四個區塊，然後將志願的支援者，分別進行局部的訓練，這樣他們只要每個人都會一部份，即可走馬上任。這是「三個臭皮匠湊成一個諸葛亮」的思維，養成速度比較快，循序漸進至完全有分子生物專業的能力。這就如同訓練一位廚師，分別教一位徒弟買菜、一位洗菜、一位切菜、一位炒菜，他們必須一起合作才能完成一道菜，做完整道料理。

訓練一位技術純熟的醫檢師，起碼要半年的時間，沒有任何速成的空間，但若要在短時間內趕鴨子上架，訓練就會打折。

而且擔任分子生物的醫檢師還有一個特質，就是必須具備沉穩細心、頭腦靈活性格，也就是並非所有具備檢驗背景的人，都適合扮演這個角色。尤其是面對未知危險的病毒，我必須盡量挑選吻合此人格特質的同仁擔綱，而不能以一視同仁地採取輪值方式解決問題，而這又造成了培育人才更顯不易，面對時間壓力而更難處理之難題。

自疫情爆發後，桃園醫院檢驗科最大挑戰，就是外來的案子不斷湧進，必須一直扮演支援角色。從磐石艦、公主號、桃園長照機構、桃園醫院清零計畫、帛琉泡泡、華航清零，檢驗科幾乎忙到沒有喘息的空間。工作量永遠是滿載的，我們忙到沒有餘力想其他，忙到沒有時間對話，每天就如同一臺機器，不停地運轉再運轉。

為了解決人力嚴重不足困境，我也嘗試擴充編制，人員不易徵聘，新人訓練也占去例行工作的時間，卻又不得不為。這是一個惡性循環的難題，是全球每個面對瘟疫難關的醫療人員，必須面對的人生挑戰。

我問自己，當在海上遇到暴風雨時該怎麼辦？我告訴自己，那就朝著暴風雨的方向繼續前去吧！因為那裡是接近風平浪靜最近的距離。這個疫情讓我體悟，這是一個學習仰賴智慧處理危機的大好時機，而害怕、逃避、抱怨皆於事無補。臨危不亂，只有堅信自己做的是對的事，並抱持著友愛與信任，與我的同仁們一起同心協力面對難關，未來的一切一定皆可迎刃而解。

部桃群聚事件對我最大的學習，就是冷靜以對，以靈活的態度隨時修正所有的SOP。

我的經驗分享

黃欣萍 急診部護理長

急診部是處理緊急病患之處，所以也已經很適應以快節奏的方式做事。疫情期間，因為疫情的變化非常快，中央流行疫情指揮中心幾乎每天要開好幾次會，對應的政策也滾動式修正。常上午告知的方針，有時候下午就變了。現實逼得大家非隨時變動不可，所以位居第一線的急診部也必須充滿彈性，隨時跟著一起應變。

SOP滾動調整—保持作戰彈性

這種不斷調整的做事方式，其實很吻合我的做事習慣。我習慣設計一個流程後，自己先親自操作一遍，萬一哪裡不對勁，馬上修正，因此一個SOP可能一邊做一邊調整，一直修正到完全順暢為止。

以支援華航檢驗為例。我們到了現場，發現華航給我們的名單編碼，與對方手上的名單編碼居然不吻合。我立即決定放棄核對編碼序與人名，僅根據疾管署提供的QR Code流水編號作為取樣序列。當晚回到桃園醫院後，我們再把所有的名單編碼、人名與採檢者的流水編號，進行重新的修正與核對，直到三者完全一致為止，第二天的採檢就很順暢了。

再舉例，在部桃群聚事件期間，為了分艙分流，急診部的門禁，立即修改為唯獨急診部成員可以進出的帳號，以保護急診部不被疫情波及。同時，我也將護理站直接移到急診的大門口，既可隨時支援戶外的檢驗站，也可以讓急診的門禁再多一層把關。

再以急診的戶外檢驗站為例。依照疫情變化，我不斷在修改檢驗站的分類設計。自全臺進入第三級警戒以後，我的做法又變了，修改為：已經被隔離，而且出現症狀的人直接進負壓隔離室。有接觸史又發燒的人，則至紅頂帳篷區報到，那裏有整排座位，目的就是要他們一一坐好，不要亂跑。有接觸史卻沒有症狀的民眾，則至設於走廊上的檢驗站報到；而沒有接觸史卻發燒的民眾，就至組合屋集合，那裏等於是乾淨區。而能夠走進急診部的人，都必須是抗原採陰的人，以讓急診部處於安全狀態。

在我的經驗裡，設計SOP最重要的是，必須思前顧後，考慮到許多細節。也就是前端的作業必須先做好，後面才會順暢。以大規模採檢為例，貼名冊、貼檢體名條、製作檢體棒、送檢體等等每個環節的規劃，都必須非常清楚，而且每個環節都有專人負責。經驗告訴我，分工越細，越不容易亂，越能順暢地完成整個篩檢流程。也因為如此，在清零計畫時，我們才能順利地消化如此龐大的檢驗人潮。

對於檢驗，初起我以為，採檢時最好能分散人流，分批處理，以免人多易亂。但後來才發現，大量集中起來檢驗更有效率，也避免一次又一次地丟棄整套防護衣而浪費醫療資源。然而這個體悟，其實也來自於我們已經建立起了一個快速有效的SOP。有了良好的流程設計做基礎，就不怕人多，一鼓作氣處理完畢，反而更快呢！

另外，面對亂局，「建立堅強的心態」是疫情給我另外一項很重要的學習。雖然我的護理資歷很長，門診、住院與急診的資歷俱全，但當主管的經歷很資淺，一直在學習如何扮演一名好主管。我喜歡觀察不同的主管，面對類似事情的反應。結果我發現，不同的回答，常常會給下屬很不一樣的感受，所以我一直在學習，在各種不同的事情裡，如何成為表現得最好的那一位。

對於疫情，我知道作為主管最好的表現就是鎮定！而且越忙要越鎮定，只要我先鎮定了，所有的護理師也會跟著鎮定。而且不僅我的同僚在觀察我，前來求診的病人也盯著這些醫療人員看。如果醫護人員先亂了陣腳，病人也會跟著亂，進而影響到整個社會的氛圍。

我很慶幸，疫情提供給我一個讓自己與團隊一起成長的機會。從事醫療行業一定要有使命感。而期待別人尊重自己，自己必須先具備能讓別人尊重的條件。若因為個性急，一忙就亂發脾氣，或以罵人作為宣洩，勢必無法解決問題，也得不到別人的尊重。

而我的做法是，自己先穩定下來：深呼吸，冷靜下來思考該怎麼做，並盡量用正向思考解決問題。同樣的，碰到護理師犯錯，我也同樣會要求她們這麼做，想清楚解決方案，再來跟我討論。所以我們這個團隊，面對危機，反而學習得更多，成長得更快呢！

05

第五章

黎明曙光乍現

——醫院復原計畫

第五周

2021. 2.8-2.14

本周重點

社會聚焦

事件軸：

- 醫福會執行長王必勝宣布解除前進指揮所，醫院恢復正常運作。
- 總務室清潔消毒醫院環境，陸軍第六軍團指揮部三三化學兵團進駐桃園醫院接續清潔消毒。
- 急診部護理師葉佳燕臉書訴心聲一夕暴紅，擔任職棒開球嘉賓。

化學兵進駐消毒 宛如電影場面

總務室變魔術 扮演防疫最佳後衛

滴水不漏

二〇二一年一月十二日，桃園醫院院內新增兩例本土COVID-19確診病例，均為醫護人員，引起防疫單位高度重視；除了針對個案的足跡三場所消毒，也啟動部桃專案緊急處理事態。感染事件共歷經了四十四天，團隊幾乎廿四小時不停轉動，更動員陸軍化學兵將環境消毒做到最完整，守住防疫前線。

自從二〇二〇年疫情發生以來，院內上下一心，大家都很注意防護工作，深怕不小心把病毒帶回家，傳染給家人。凡是進入醫院，都要配戴口罩、量測體溫並消毒清潔雙手，這套標準作業流程幾乎已經內建在所有人心中，日常也都有進行例行環境和儀器設備的消毒。但是病毒感染途徑無孔不入，沒想到還是發生了院內感染，趕緊進行大規模分艙分流、清空消毒。部桃專案初期醫院內部已協調溝通委外人力例如清潔

桃園醫院發生院內感染時，醫院的清潔班賣力消毒院內環境。

班、傳送併同醫療科及護理科的人力，同步清出空間、集中病人，分工阻絕病毒並防止擴散。

中央流行疫情指揮中心因應醫院疫情，成立前進指揮所，採取高度隔離策略，陸續清空病患並執行醫療降載，風險較低的病人先移出，陸續增加樓層管制並全面消毒。每一項作業皆研擬縝密的計畫及流程，務求滴水不漏，避免遺漏任何死角。如環境清空及消毒，總務室需瞭解挪移病人及病房數、清空一個病房預估時間，消毒及清潔人力之調度、清消順序等，以利估算清消一個病房所需的時間，使其在預計的時間內，完成工作進度，每個環節緊緊相扣。若流程有誤致出現空檔，不僅耗時費力，也容易讓病毒有機可乘，在這防堵疫情的關鍵時刻，以最高標準完成全院大消毒。

國軍化學兵進駐清消　降低感染機率

桃園醫院總務主任俞依良細述院內群聚感染發生

桃園醫院徐永年院長（左二）親自頒發獎金給清潔人員，感謝他們的付出，化學兵能銜接後線的清毒工作。

後，總務部門負責的工作，細瑣繁複卻又缺一不可。當時總務同仁全員動起來，當清潔人員執行清潔任務，為避免遺漏，如病床的搖桿、床欄扶手、床旁警鈴、床上桌等處，都可能藏著病毒，由總務同仁在旁監督清潔人員依清消流程完成清消，若不完整，在旁提醒；而牆壁和地板也以稀釋漂白水（1000 ppm濃度）消毒。另外，包括櫃子裡面、抽屜、桌椅上面全清掉多餘物品，不讓病毒有躲藏的機會！防疫視同作戰，在這場清消大戰中，徐永年院長還親自頒發獎金給每一位清潔人員，感謝整個清潔團隊的付出，讓化學兵能銜接後續的消毒工作。

二〇二一年一月十九日下午，隸屬陸軍第六軍團指揮部的國軍三三化學兵群，身著白色藍條紋的防護衣、肩背氣霧式消毒機、手持噴瓶進駐醫院逐層全方位消毒，穿梭在各樓層、各病房的模樣，看起來就像科幻電影場景！

穿戴整齊的國軍化學兵，整隊走進桃園醫院執行勤務。

桃園醫院很感謝國軍伸出援手，三三化學兵群總共來了三趟，在指揮官龔龍峰的帶領下，官兵們分組進行人員消毒作業。而在化學兵正式進駐之前，龔龍峰指揮官已經先至醫院現場勘查了兩、三次，掌握實體動線，以便規畫著裝和卸裝的區域，避免交叉汙染，期盼降低環境汙染風險。

首批穿戴齊全、防護嚴密的國軍化學兵，於一月十九日下午三點進駐桃園醫院消毒，廿名化學兵搭乘三點五噸載重車，攜帶氣霧式消毒機、手持式噴瓶等裝備，以及二氧化氯、酒精等物資，針對轉院病患用物、離院路徑及交通工具等全面清潔消毒，鄰近醫院周圍的街道也是消毒範圍。

除了國軍的支援，院內的例行清消工作也持續進行中，醫院群聚感染事件歷經數十天後，準備於二月十九日重啟營運。

重啟營運的前一天傍晚，陸軍化學兵再度入院大

國軍化學兵任務不間斷，為桃園醫院做完整清消，其中還有人在兒子出生九天後，才有時間回家探視妻小。

消毒，為恢復營運做準備。卅五名化學兵分批搭乘電梯至門急診大樓、醫療大樓各樓層公共區域，不放過任何一個角落。官兵們一樣身穿全套防護衣、仔細用膠帶牢牢纏起袖口、褲管的縫隙，做好自我保護。國軍的精實訓練讓人敬佩，指揮官龔龍峰自信對大眾喊話：「消毒過的地方絕對安全無虞，請國人放心！」為桃園醫院員工和民眾打了一劑強心針。

兒子出生九天　才返家探視妻小

三三化學兵群的消毒任務不間斷，並於二月十六日至二月十八日進行院內完整清消，全力協助各單位把握時效消毒。俞依良也透露一個不為外人所知的插曲：龔龍峰指揮官因為執勤留守的關係，在兒子出生九天後，他才有時間返家探視妻小，不禁令同僚和桃園醫院人員聽聞之後覺得眼眶熱熱的。

國軍官兵常因任務需要而錯失陪伴家人的時間，

衛生福利部桃園醫院總務室採購的防護面罩，是醫護人員對抗病毒時的自我保護武器之一。

醫護人員也經常不眠不休照顧病患，國軍的防疫重責跟醫護人員一樣，挺身堅守前線，尤其在面臨嚴峻的疫情威脅時，責無旁貸守護全民健康。不論是隔離病房或清消工作，在全套防護裝備之下，每個人都大汗涔涔，但沒有人有怨言，臉上深深口罩印痕是驕傲的印記！

物資備援　建立防疫堅強後盾

因應醫院群聚感染事件，加強防範各項環節，包括採取全院篩檢及清消等措施，桃園醫院總務室居中協調人力、物力，讓專案順暢運作，功不可沒。

俞依良指出，回想二〇二〇年疫情剛爆發之初，第一線防疫物資面臨嚴重缺乏，有了前車之鑑，採購人員只要聽到一點風吹草動，趕緊採購口罩、隔離衣、防護面罩、酒精等防疫相關物資，院方不計成本，只為了讓醫護人員無後顧之憂。

自製塑膠面罩　總務室像變魔術

外界有所不知的是，總務室只採購成品還不夠，院內員工也自發

化學兵平日訓練有素，執行專業任務，讓社會大眾安心。

性動手自製防護面罩，護理師想出克難應對方式，由總務室購買護貝膜、石膏棉卷、橡皮筋，全員一起製作透明塑膠面罩，讓員工戴口罩之外，還能有更多防護，那陣子為了製作塑膠面罩，光是護貝機就燒壞好幾臺！

這段時間，疫情風聲鶴唳，人人都要做好防疫工作，桃園醫院第一線同仁的健康防護更是重要。

在百忙之中，總務室還必須與各單位協調與溝通，如防疫物資的種類及其替代品、清消工作、清空動線規畫與配合醫療之防護演練等事項，「經常是一邊講電話，手也忙著敲打電腦鍵盤，幾乎廿四小時運轉不間斷。」俞依良說，總務室雖非身處於第一前線，但是肩負起確保物資供應無虞的重任，許多流程看似簡單，卻包含很多細節。「魔鬼藏在細節裡」，唯有親身經歷才能體會這句話的重要性，過程中承受的心理壓力倍增，大家都不敢鬆懈，感謝所有人支持，不畏疫情一路相挺。

桃園醫院護理師葉佳燕（右三）在個人臉書抒發心情，沒想到因此引起注目，受邀到高雄職棒賽開球。

扮演稱職後衛　青蛙裝也當防護衣

總務人員常予人「管家婆」印象，然而事實卻是，不論是平時例行事務或非常時期的疫情抗戰，「總務室就像魔術師，窮則變、變則通」，俞依良坦言，總務人員不僅要撙節開支，還要接受各項迎面而來的新挑戰，更像是醫療照顧的後衛。當行政人員全體動員投入防護面罩手作時，然而防護衣也消耗得很兇，不斷動腦筋想任何可用之替代品，甚至還電洽專賣漁夫使用的青蛙裝，未雨綢繆，只為了提供安心且安全的環境，希望善盡保護大家的責任。雖然在農曆年前遇上這場風暴，桃園醫院員工配合政策堅守防疫任務，每天戰戰兢兢面對各種狀況，其實只要聽到民眾簡單的一句：「謝謝！」就足以振奮精神，繼續向前邁進。

經過重新整備，桃園醫院終於在二月十九

日舉辦「復原啟動、防疫歸隊」儀式，全體醫護相當興奮。從農曆年前忙到解除警報復工，同仁臉上終於露出一絲絲喜悅，在這場戰役中，部桃挺住了，能夠開放重啟都是各方的努力，感謝國軍三三化學兵義無反顧地調派出動，也感謝民眾不斷湧入的暖心物資，上下一心順利度過危機。

急診部護理師臉書吐心聲　一夜暴紅

在部桃群聚事件裡，發生一段有趣的小插曲，就是在急診部任職三年的護理師葉佳燕意外爆紅。這位廿六歲的護理師，擁有一頭秀髮、一雙大眼與白皙肌膚，她的走紅為一度繃緊神經的部桃群聚感染事件帶來了一段輕鬆愉快的花絮，讓人津津樂道。

葉佳燕為了保護家人，在部桃群聚事件的第三周，決定入住醫院宿舍。住宿的第一天，也就是一月廿一日的凌晨，她在臉書發表了一篇心情感言，以便記錄這段日子。沒想到，等她睡醒，就已經變成了網紅！

她寫著：「一月十九日是我覺得壓力達到最高點的時候，我很幸運，黑暗期的時候我剛好休假，聽同事說學姐採檢回來哭了，聽同事說長官壓力爆棚哭了，護理長跟我們抱歉說沒保護好我們的時候，我也哭了，為同事們感到委屈與不捨而哭、為同事們努力篩檢卻遭受責罵而哭、因網路輿論而哭、因家人被周遭朋友關切而哭。…還記

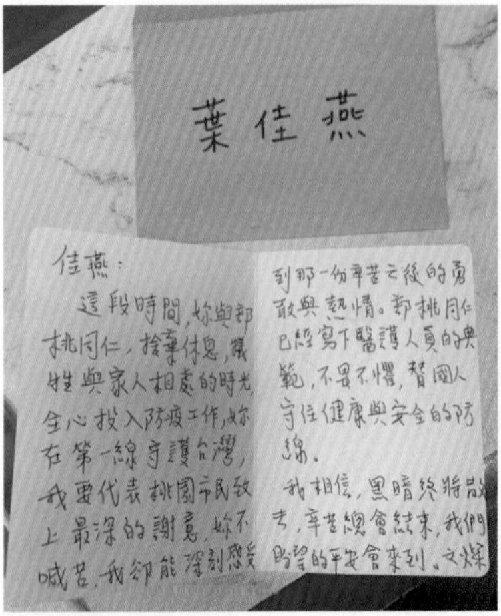

桃園市長鄭文燦寫了一封信給桃園醫院護理師葉佳燕，期許醫院黑暗早日消退。

桃園醫院護理師葉佳燕在疫情期間一夕暴紅，在當時緊張的氛圍下成為一段花絮。

得二技實習完，很抗拒急診，堅決想去加護病房，結果命運還是把我安排在急診，我一點也不後悔，除了工作，對我來說是一種使命、責任。不是因爲南丁格爾，是因為我叫葉佳燕，我是衛生福利部桃園醫院急診護理師，我引以為榮，以急診團隊為榮。」

這篇文章情真意切，真實說明了第一線護理師的心聲，部桃群聚事件當時是新聞熱點，再加上吸睛的美女版主照片，馬上吸引了全臺灣人的關注。文章一出，立即成為網路熱搜。這篇文章迅速經多家媒體報導，甚至登上雅虎新聞，最後這篇貼文贏得了十三萬個讚、二點一萬則留言、一點三萬則分享。

護理科學姊授秘訣　急診團隊並肩作戰

隨著確診數增加，院內防疫政策幾乎是每日更新，分艙分流期間，葉佳燕天天與同事電話交換資訊，即使休假也住在醫院，幾天下來，葉佳燕對醫院的動靜一清二楚，整個人也被攪得緊張起來。但緊張心情沒有維持很久，等她恢復上班一切就正常了。她說：「因為急診醫護團隊互相幫忙，遇到困難一起想辦法解決，學姊也提供許多SARS期間的參考守則，頗為受用，有了明確的指示，且有同事們互相陪伴，我就明白我不是一個人作戰。」

對於那則轟動一時的臉書貼文，低調的葉佳燕沒時間回應留言，也謝絕上千位申請加她好友的陌生人，還婉拒所有媒體採訪，也不敢再寫第二篇。她說自己不想經營成網紅，只是單純抒發情緒，她也為此報告黃欣萍護理長，詢問是否需要刪文；阿長也很開明，表示此乃私人情緒發洩，無需刪文。

徐院長與葉佳燕 任中華職棒開球嘉賓

這件事最後的發展是，桃園市長鄭文燦特別寫了一封慰問卡給她。一個多月後，桃園醫院度過了難關，中華職棒賽開賽，桃園醫院徐永年院長與李佳燕一起被邀請為開球人。為了當投手，她還練習了幾次，當日是樂天隊較勁味全隊，她在臉書上也張貼下場後，穿著樂天隊服與觀賽同僚的合影呢！

後來，葉佳燕偶爾走到醫院其他的單位，總有人問她，「你就是那位網紅葉佳燕嗎？」每隔一陣子，也老有病患在急診部詢問其他的同僚：「你們這裡真的有一位葉

郭太太自製懸掛桃園加油紅布條，期許鄰里居民不要擔心。

佳燕嗎？」偶爾，她被病患看到了掛在身上的識別證，對方就多瞧個兩眼，眼神裡頗有「原來就是你」的味道！

部桃群聚事件是一樁意外，這個意外卻附帶引來另外一個意外，而讓葉佳燕回憶起來特別有滋味。同樣的，當眾人回溯起部桃群聚事件時，也會因為這個插曲而放鬆了表情，揚起了嘴角，除了對桃園醫院的醫護團隊豎起大拇指以外，亦皆樂以笑談網紅事件，作為記憶部桃群聚事件的一個完美的句點。

鄰里太太掏腰包做布條　就是要挺部桃

桃園醫院爆發群聚事件後，雖然在網路引發熱烈討論，但桃園醫院周遭卻有如死城，很多人都不敢靠近。桃園醫院員工常叫的外送餐食，店家也因為害怕病毒而裹足不前。但是，有一位社區熱心人士郭太太，卻製作了六十幅「桃園加油」的紅布條給附近鄰里懸掛；也有企業捐錢給野味便當，溫暖了部桃人的心。

郭太太是一位家庭美滿的社區媽媽，兒子開設計公司，女兒在中國大陸工作，「我近五年就出國十七次，晚上會和朋友跳土風舞，最近正忙著幫媳婦做月子啦！」娘家在桃園市觀音區的她，嫁來桃園醫院附近的龍山里已經廿多年，雖然沒有當里長，但對鄰里大小事可說瞭如指掌，生活過得自在快樂。

「我在部桃事情發生時，就把自己養的雞生的蛋，拿去送給附近的藥局。」郭太太在住家附近有一塊地，她閒暇時養了幾隻雞，母雞會產五色蛋。部桃事件爆發時，她就把平常自己吃的雞蛋收集起來，送給附近的佳赫藥局藥師們，「我就跟藥師說，如果受到委屈，就想想我們這些支持你們的人！」

問起為什麼想要這麼做？郭太太說：「那時候因為口罩很搶手，大家都來排隊買，但我看到有人可能排太久、心情煩，健保卡拿給藥師時，就用丟的，看到這種情景我就在想：『我可以為大家做點什麼？』」

由於兒子從事設計工作，她回家跟兒子分享此事，兩人就討論要不要做點事情來凝聚鄰里人心？郭太太跟兒子說：「老人家不會用臉書，我們來做加油紅布條掛起來好不好？」兒子於是設計製成「桃園加油」字樣的布條，郭太太再分送給部桃附近

不少企業出錢捐贈桃園醫院 ，請附近商家製作便當，提供做為員工每天上班的餐食。

的八德里、永豐里、茄明里、高城里和龍山里等，請里長懸掛起來，在當時聞風色變的部桃群聚事件氛圍裡，格外有安定人心的作用。

難忘化學兵消毒場景 「很像發生戰爭」

「最讓我忘不了的就是，化學兵在我們這裡消毒環境時，那種氣氛很像發生了戰爭！」郭太太坦白說，掛了桃園加油紅布條後，雖然部桃商家的生意沒有馬上恢復，但適時給部桃員工和居民溫暖的感覺，至今仍為地方人士津津樂道。

另一家在桃園醫院側門的野味便當，則是接受企業捐贈費用，製作便當送給部桃人食用。野味便當也在當地開店廿年了，店長傅亞珍說，誰也不願意碰到像部桃群聚事件這樣的事，事件發生時，店裡生意少掉一半，還有些店家不敢送食物到桃園醫院，「但是醫護人員工作很辛苦，我們還是照送！」

怕部桃斷炊　企業捐便當還派員監督

部桃事件發生時，以往醫院員工叫外送的部分店家，竟然不敢送，有企業看到部桃人的窘境，便主動掏腰包捐錢替部桃人買便當。包括南山人壽捐了兩千兩百個便當、中華民國商業總會捐了七百個便當。野味便當那時候第一周每天要做三百個便當，第二周起每天做兩百個便當，把店裡最擅長的炭烤和快炒主食、青菜等配菜，做得美味可口，再用店裡同事的轎車，載到醫院門口送給部桃員工，目的是希望他們能吃到熱騰騰的便當。

傅亞珍猶記得，企業捐錢之餘，也很重視便當品質，「像南山人壽就有派專人，來察看廚房設備及工作情形」，希望被託付任務的店家也能製作高品質的便當。

我的經驗分享

葉佳燕 急診部護理師

護理長及學姊提醒我們，要避免院內感染，穿脫防護衣絕對也是一個重要的關鍵，我想分享這些守則如下：

防護衣防二次感染—脫比穿重要

守則一，防護衣一定要穿好。

守則二，脫比穿重要。因為防護衣可能沾染了感染者的飛沫，所以脫衣時一定要輕，不能用力，以免把飛沫飛濺到自己身上。

守則三，脫衣的過程裡，若有頭髮、皮膚、眼睛發癢的狀況，絕不可抓揉，以免把病菌傳染給自己。

守則四，脫下來的衣服，要用內層包裹外層，以免汙染環境。

守則五，與親人、鄰里保持距離，以策安全。

守則六，勤洗手。

守則七，有任何不適狀況，要立即反映。

06

第六章

我們都是康復者

——復原啟動、防疫歸隊

第六周

2021.2.15-2.21

本周重點

心理復健

事件軸：

- 桃園醫院群聚感染事件，總共累積廿一人確診，中央流行疫情指揮中心指揮官陳時中宣布，不管是員工PCR、環境PCR或員工血清採檢，都已全數檢驗完畢，全部為陰性，醫院於二月十九日恢復營運。
- 啓動員工心理復健計畫，盼員工走出陰霾，早日回到工作崗位。

克服萬難 光榮恢復醫院營運

告別創傷與憂傷

心理復健

衛生福利部桃園醫院於二〇二一年的二月十五日至二月十九日，進入「復原啟動、防疫歸隊」階段，院方重大訊息都於官網公諸於世；而對員工宣達相關重要訊息時，則透過mail電子郵件或line即時通訊公告。

二月十九日是重要的一天！行政院長蘇貞昌、衛生福利部長陳時中和桃園市長鄭文燦，也來到桃園醫院出席重啟儀式，宣布醫院全面恢復急診、門診和住院服務。蘇貞昌受訪時也說，桃園醫院可以開放重啟，都是第一線醫護人員非常努力，並且指揮中心應對得宜，尤其是桃園市長鄭文燦率領市府團隊與中央全力合作，國軍部隊更出動兵力進行社區消毒，皆功不可沒。

這場驚心動魄的院內抗疫行動，在光榮的儀式裡畫上句點。然而這些看似按部

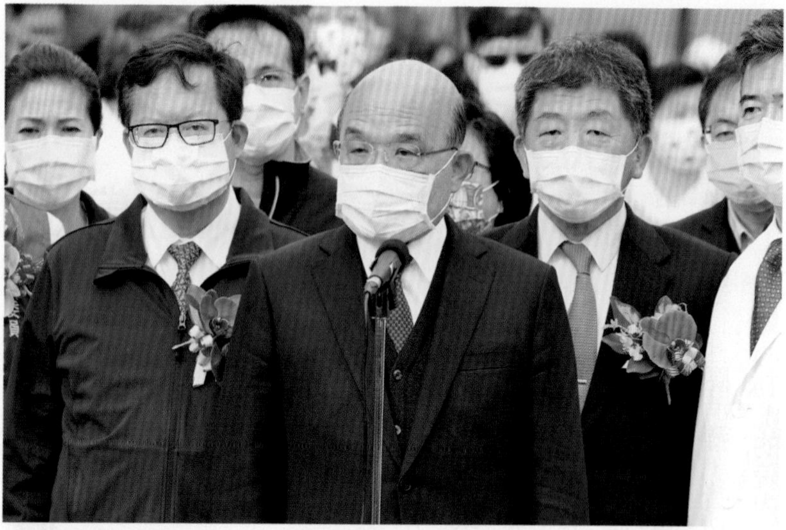

桃園醫院舉行「復原啟動、防疫歸隊」儀式，行政院長蘇貞昌（中）、衛福部長陳時中（右）、桃園市長鄭文燦（左）在活動開始前接受媒體訪問。

就班的過程，背後卻是員工不足為外人道的巨大壓力與付出。特別是桃園醫院員工在最艱難的時刻，各種壓力同時間襲來，每個人付出汗水、淚水，抱持救人也救心的使命，期盼快快走過風暴。醫護確診累計持續增加，但自從首例醫師染疫後，各界關心與送暖不斷湧入，如寒冬中的一波波暖流，著實也撫慰疫情的傷痕。

啟動清零專案　心理復健路漫長

桃園醫院自從啟動清零專案以來，所有人的心神都被每日的防疫會議牽動，思緒跟著起伏上下，因為是國內首件醫院大型群聚感染事件，全院員工緊繃精神絲毫不敢大意可想而知，桃園醫院顧問醫師李新民不得不感歎：「員工後續的心理復健，是一條漫長之路。」

二〇二一年二月七日是關鍵的一天。當院內

衛生福利部長陳時中在桃園醫院的「復原啟動、防疫歸隊」典禮上致詞，感謝醫護人員的辛勞。

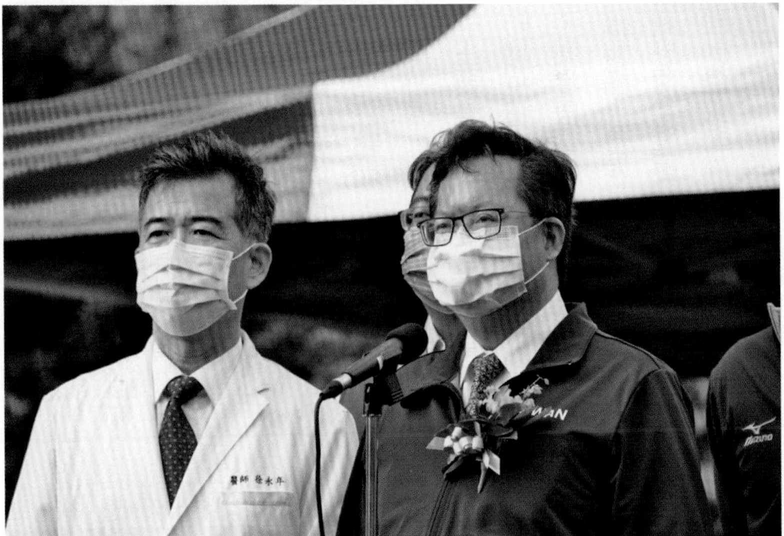

桃園市長鄭文燦（右）蒞臨桃園醫院的「復原啟動、防疫歸隊」典禮，由院長徐永年陪同（左）。

桃園醫院「復原啟動、防疫歸隊」典禮上冠蓋雲集。

員工血清採檢結果出爐，兩階段採檢加上回溯部分皆為陰性，總算暫時解除危機，稍稍歇了一口氣。這段期間，李新民帶著稍似寬心但總是有點擔心的忐忑情緒，心中放不下的，仍是留在院內值班同仁及尚未離開負壓病房的同仁與病患。

這一場戰役打得非常辛苦，面對狡猾刁鑽的病毒，除了懊惱被突破防線、接著修補防火牆，尚未看見終點前，一絲都不得鬆懈，下一步要嚴防社區感染，亦即守住醫院，才能守住更多人！

主要是醫院歷經一個多月停擺，各方努力協助防堵疫情，終於迎來重啟營運的好消息。復工後，同步啟動「員工心理復原計畫」，原因是第一線醫護人員在重返工作崗位的笑容背後，可能潛藏恐懼、沮喪、自責，加上社會輿論的傷害，心理創傷並未靜止，只是外人無法察覺。

其實，事件發生的時候，民眾快要迎接過

桃園醫院員工在「復原啟動、防疫歸隊」典禮合影，為抗疫的日子寫下一個完美篇章。

農曆新年，發生這樣的憾事誰都不願意，尤其醫護人員除了要面對隨時可能被感染的高度風險，自己及家人還要遭受外界異樣眼光，擔心先被恐懼和輿論打敗。因此院內加強感染控制之餘，也須加強職場安全與健康措施，以防阻潛在危害影響，讓抗疫前線無後顧之憂。

病毒之前人人平等　員工看不見的創傷

醫院的復工作業一切準備齊全，團隊平安無事回到工作崗位，但本身為精神科醫師的李新民坦言，員工還有一道看不見的傷疤：心理創傷。是這樣的，當疫情急撲而來，部桃員工心裡苦但必須隱忍，尤其不能在病患面前表現出脆弱與不安，否則如何執行醫療工作？員工們只能彼此鼓勵，塑建強大的抗壓能力與心理素質。

病毒之前，人人平等。事實上，投入前線抗

桃園醫院護理師身著工作服參加「復原啟動、防疫歸隊」典禮，她們有如照顧病患的天使。

疫的醫護，雖然有醫學的專業，但面對病毒一樣夾雜了恐懼，除了要照顧病患，還需保護自己避免染疫。甚至因職業受大眾異樣眼光，可能連家都不敢回，內心累積龐大壓力，外界難以想像。

醫院在第一時間啟動分艙分流，從入口開始就嚴加區隔疑似症狀或有接觸史的民眾，防疫工作不容任何閃失。而在各地的檢疫所和院內負壓病房，雖然隔了一扇門、一道牆，醫院的心理復健團隊隨時給予最大的溫暖和協助，不讓夥伴們孤軍奮戰。

許多人都知道，長期累積壓力與痛苦，心理有可能出現創傷，就像緊繃的橡皮筋，拉久了難免出現彈性疲乏現象，不去處理的話，橡皮筋甚至會斷裂。因此部桃院內員工關懷小組採取臺灣大學精神科李明濱教授授權使用之

心情溫度計（簡式健康量表）

請您仔細回想「在最近一星期中（包含今天）」，這些問題使您感到困擾或苦惱的程度，然後圈選一個您認為最能代表您感覺的答案。

	完全沒有	輕微	中等程度	厲害	非常厲害
1. 睡眠困難，譬如難以入睡、易醒或早醒	0	1	2	3	4
2. 感覺緊張不安	0	1	2	3	4
3. 覺得容易動怒	0	1	2	3	4
4. 感覺憂鬱、心情低落	0	1	2	3	4
5. 覺得比不上別人	0	1	2	3	4
★ 有自殺的想法	0	1	2	3	4

得分與說明

前5題的總分：

0-5分	一般正常範圍	
6-9分	輕度情緒困擾	建議找親友談談，抒發情緒
10-14分	中度情緒困擾	建議尋求心理衛生或精神醫療專業諮詢
15分以上	重度情緒困擾	建議尋求精神醫療專業諮詢

★ 有自殺想法評分為2分以上(中等程度)時：建議尋求精神醫療專業諮詢

部桃群聚事件落幕，員工心理復健計畫也持續進行。圖片提供／臺灣大學精神科李明濱教授授權使用之「心情溫度計」。

「心情溫度計」量表篩檢員工身心症狀，迅速掌握員工心理照護需求，免於疫情造成的身心健康危害。

員工關懷小組啟動關懷　評估員工心情溫度

由李新民顧問醫師主導的心理復健計畫，經由部桃身心內科蔡孟釗主任、林俊佑臨床心理師及其他心理師同仁的大力協助，依據計畫步驟，提供「線上心情溫度計」量表給員工線上填寫，共分成兩周進行。請員工第一周先做五個題目，第二周再做五個題目。線上填完表格之後，找出心情溫度較有狀況的員工，繼續進行身心壓力篩檢量表，再根據憂鬱、焦慮程度，評估是否為創傷後壓力症候群，或是其他需要進一步處理之精神狀況。

有醫護內疚自責　短時間難復原

其實外界有所不知的是，桃園醫院感染源頭的案八三八醫師，染疫後一直非常自責，自我檢討哪個環節出

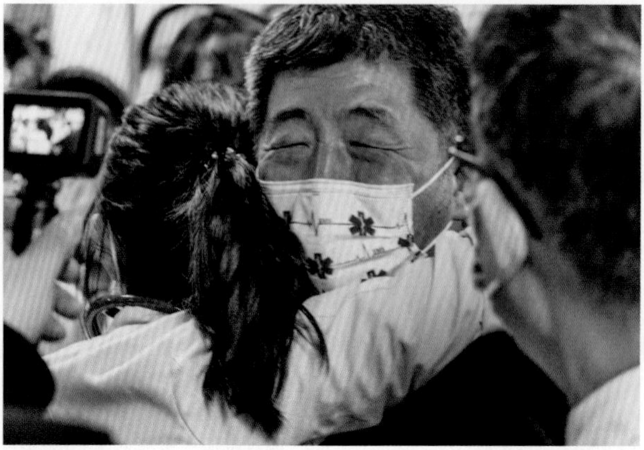

桃園醫院員工在「復原啟動、防疫歸隊」典禮激動地擁抱衛生福利部長陳時中，為醫院重新運作感到開心。

錯。此外，包括案八六三護理師全家人染疫及其婆婆不幸病逝，短時間可能無法走出失去至親的痛。李新民說，院內關懷系統都要設法解除這群人的內疚與自責，期待一切能夠慢慢恢復正常。

防疫當前，桃園醫院員工協助執行各項高風險任務，即使已經身經百戰，看著身邊的人陸續染疫，內心也格外脆弱。回首SARS的年代，引發不少民眾恐慌情緒，而那次疫情過後，事實也證明，影響最深的莫過於醫護人員。

因此桃園醫院在COVID-19疫情引以為鑑，提早展開心理復健，提供員工的精神評估與治療等支持，以期減輕他們的焦慮不安，盼能早日回到工作崗位。

創傷後壓力症候群　十三人參與心理諮詢

面對疫情，還有很長、很艱困的路要走。經過分階段的壓力篩檢等量表檢測之後，桃園醫院集結醫療、護理、心理、精神科等單位，個別關心廿五位同仁，提供管道抒發心中苦悶。其中有些員工，的確表達恐懼、無助、悲觀、睡不著等心情與現況，這些都可能是與創傷後壓力症候群相關的反應。根據桃園醫院的資料，廿五位員工之中，共有十三位參與心理諮詢，抒發身處醫療環境的超高壓力；員工參加團體課程，釐清疫情造成的不安與徬徨，找回內心的平靜。

李新民說，當時在醫院彼此抒發情緒的課程中，有人想起擔心把病毒帶回家、外界出現負面聲浪，一時忍不住流下眼淚。然而，負面情緒的宣洩也是一種良性循環，因為人生難免有難以預料的突發事件，重要的是如何正向看待與克服問題。

對照二〇〇三年慘痛的SARS教訓，帶給國人莫大傷痛，不少醫護人員雖處於危險職場，仍堅守崗位搏命付出。許多年過去了，人類與COVID-19病毒的戰爭再起，這一次全球各國紛紛淪陷，病毒越變越聰明、演化速度令人咋舌。SARS之後，中央投入建立感染控制標準作業流程，各家醫院也更重視防護，避免疫情造成的其他職業風險。SARS經驗在COVID-19疫情派上用場，面對新興傳染病，一切以醫護人員安全為優先考量，才能更有動力為全民健康把關。

職安小組支援前線　顧身心也顧物資存量

桃園醫院院長特助陳瑞昌指出，桃園醫院院內職安小組，主要負責員工定時的體溫監控並紀錄備查，員工只要出現任何症狀，必須馬上關心每日足跡路徑。

職安小組另一項任務，為照顧全員心理健康，這一點不容忽視！回顧SARS疫情當年，緊急封院措施造成許多醫護者出現恐慌、憂鬱等心理疾病，甚至創傷後壓力症候群。而這波COVID-19疫情確診者的治療過程艱辛，不只病患會出現孤獨無助、焦慮恐慌、煩躁失眠等心理症狀，醫護人員也承受莫大壓力。因此桃園醫院啟動各項防護，包括充分補足防疫物資，當防疫物資不足或低於存量，須隨時向指揮中心反應。

發生群聚感染，醫護人員仍扛起防疫重責，為全國人民守在第一線。每天大量接觸病患，可能成為病毒的傳播鏈之一，桃園醫院職安室積極推動安全衛生政策，透過完善的防護標準作業流程，保護病患、醫護人員、工作人員的自身健康。

而感染事件來得又急又快，時值農曆春節前夕，部桃員工體認到風險未除，寧願犧牲與家人團聚的時間，值班留守照顧病患，維持降載的醫療量能。醫院則提供最強大的防護後盾，行政單位甚至自製手作透明塑膠面罩，讓員工無後顧之憂！

部桃員工堅信，一步一腳印就能繼續撐下去，職安小組每天關心被隔離醫護人員的狀況，精準掌控所有的數字資料，回報指揮中心及桃園市政府衛生局。

雖然大家都很緊張，但還是表現出最專業、鎮定的態度，王必勝指揮官和徐永年院長不斷信心喊話：「防疫同心，確實把事情做好，自然就看得到未來盡頭。」中央訂定的政策，只要按照步驟落實、執行，相信一切都在掌握之中，一定會挺過去！

部桃員工也全力配合，在非常短的時間內完成員工PCR檢驗和血清檢測，另包括近五千人進行居家隔離措施，逐步建立更完整的防火牆。而醫院透過強制手段進行降載、隔離，希望降低非必要的往來與接觸，防堵傳染病繼續延燒。經過一個多月努力，疫情終於在二月初獲得控制。

啟動員工關懷專案　對抗外界貼標籤

在審視並檢討院內感染控制的各項過程當中，員工一直無法鬆弛心情。職安小組也同步進行員工關懷專案，讓醫護人員身心靈獲得舒緩。因與確診者有接觸而被匡列隔離的醫護人員，可能遭受異樣眼光對待，更多醫護的家人、小孩被外界「貼標籤」，害怕成為新聞的焦點。隨著疫情起伏，心理健康是桃園醫院危機管理一大重點，借助專業心理師及醫師的協助，才能一起度過風暴。

前線醫護人員除了身體可能受到的感染威脅，身心所承受的煎熬及焦慮是外界難以想像，職安小組只能盡全力打造安心、安全的職場環境，提供各項協助，安撫同仁：「遇到了就一起面對，保持冷靜突破僵困的局面！」

送暖到檢疫所　撫慰隔離員工

古羅馬喜劇作家普勞圖斯曾說：「泰然自若是應付困境的最好方法。」面對高張疫情壓力，所幸大家全部扛住了。群聚事件發生後，員工恐慌害怕心理難免，但仍堅守感染控制原則，相互鼓勵提醒注意安全，做好彼此的後援。這段時間以來，院方持續關心所有人的身心狀況，派督導至檢疫所親自關心被隔離的員工，溫馨喊話：「任何時候都一定會陪著你們，You are not alone。」

陳瑞昌還分享一段故事插曲：員工被隔離在檢疫所時，反映食物供應還不錯，唯獨水果不夠豐富，當下突然好想吃蘋果。職安小組在下一餐時間就帶了蘋果前往檢疫所，陳瑞昌說：「幾乎可說是一通電話、使命必達」，不負所託快速滿足需求。醫院採取必要的預防及健康促進措施，並啟動關懷機制，安撫一顆顆惶惑不安的心。

除了身心靈的撫慰，當時國內第一批AZ疫苗於二〇二一年三月廿二日開打，桃園醫院第一線醫事人員優先於早上九點開始接種，建立更完整的防護機制。而當至正式「復原啟動、防疫歸隊」階段，再次協助提供復工醫護的職能評估、職務調整等諮詢，保衛醫療作業的量能。突如其來的一場危機，上下齊心展現韌性度難關，凝聚桃園人的民心。

走過群聚感染風暴，每位桃園醫院員工在動亂中，都扮演了穩定的力量，逆境堅定力、風雨生信心。有網友形容：「你的歲月靜好，不過是有人為你負重前行。」這句話的背後，不乏醫護人員的貢獻。感謝部桃員工義無反顧披掛上陣，仍秉持踏入醫護界的初衷，相信終有一天會再回歸生活常軌，撥開雲霧見光明。

我的經驗分享

陳瑞昌 院長特助

當二月七日公布院內群聚感染風險已過，我們醫院員工士氣非常高昂，共同挺過了最艱難的時刻，員工心理復原計畫也自二月十七日開始進行。但其實在部桃專案期間，職安小組已多方投入關懷工作，創造安全無慮的工作環境，隨時關心身心壓力情形。醫院也不斷輔導同仁：「染疫不是你的錯，誰都不希望生病！」面對疫情，還有很長、很遠、很艱困的路要走，一定要安頓好自己身心，適時放鬆與正向思考，別讓病毒亂了生活腳步，盼撫平因疫情而分裂的傷痛。

染疫不是犯錯—安頓身心、正向思考

二月十九日是我們桃園醫院重新營運的日子，走出疫情黑暗隧道，點點滴滴抗疫過程，將成為繼續前進的動力。

07

第七章

病毒拆散了這一家

——確診醫護人員

第七周

2021.2.22-2.28

本周重點

確診桃園醫院醫護人員現身說法

事件軸：

- 案八三八醫師一月四日在加護病房協助案八一二插管，並沒有戴N95口罩，且眼鏡出現霧氣，心裡已知口罩戴不夠緊密，後來於一月十一日確診；案八三八醫師的護理師女友，上完大夜班回案八三八醫師住處，後來也確診感染，成為案八三九。
- 案八五六醫師及案八六三護理師陸續遭傳染，案八六三連同自己，一家人共有七人被感染，婆婆案九〇七感染後過世，桃園醫院群聚感染成形。

感染醫護現身說法 不可承受之痛

染病非自願—同事給溫暖

沒人想當破口

二〇二〇年COVID-19疫情並未在臺灣作威作福，但桃園醫院肩負守護國門重任，大家還是小心翼翼、深怕出現確診個案。沒想到，院內感染還是發生了，桃園醫院長期暴露在風險中，所有人嚴守防疫措施，難免百密一疏。當醫護人員確診COVID-19肺炎，心中湧起無限歉意，不捨家人變成全民公敵。

挺身站第一線 「沒有人想要生病」

「沒有任何一個人想要生病！」案八五六醫師形容被告知確診時的心情，一句話道盡內心無奈。桃園醫院身為收治COVID-19肺炎病患的專責醫院，所有員工雖然害怕，還是挺身站到第一線，善盡照護責任。當二〇二一年一月十一日公布案八三八醫

衛生福利部桃園醫院傳出醫護人員感染COVID-19病毒後，醫院成為媒體注目焦點。

師確診時，案八五六醫師心裡有點緊張，因為就在一月十日值班時，兩人才曾近距離討論工作內容，但時間很短暫而且都有戴口罩。

隨後，指揮中心於一月十五日針對院內兩百六十五名醫院人員進行二次採檢，案八五六醫師被檢出陽性，這下包括中央流行疫情指揮中心和醫院相關人士都很緊張，於是緊急匡列醫院和社區接觸者，擴大防疫層級。

確診有如中下下籤　思緒一片空白

案八五六醫師確診後，他回想自己前幾天的身體狀況，一度還覺得是過敏性鼻炎的老毛病犯了，當下沒有想太多，而且極輕微症狀很難立即判斷，有點自責自己疏忽大意。案八五六醫師還記得，一月十六日早上在家等候確診通知，「沒想到中了下下籤，思緒一片空白，」他坦言，當時十分緊張、恐慌，非常害怕這段時間傳染給家人怎麼辦？尤其是跟自己密切接觸的親友、同仁，甚至是醫院的病患。案八五六醫師收到消息，隨即收拾行李準備住進負壓病房，還隔開了一定的距離，與家人揮手道別，心中卻有著「壯士一去兮不復還」的激昂，慢慢地走進病房。

沮喪惶恐　害怕看新聞負面輿論

案八五六醫師住進了桃園醫院負壓病房！他接受治療時，腦海中不斷浮現一幕幕電視新聞的畫面：包括抨擊醫院的聲音、增加的確診人數等，「對自己的處境卻無能為力，各種壓力襲來！」他事過境遷接受採訪，才娓娓道出內心最細微的聲音。

當時，最令人難過的莫過於社會的負面觀感，很多人對於染疫病患都會帶著異樣眼光，似乎是因為他們沒有做好防護形成破口，而成為傳染源。值得一提的是，案八五六醫師住院期間，同事不斷為他加油打氣，「他們特別交代我，不要看新聞，以免心情受影響。」案八五六醫師幸而有同事的支持，所以他後來幾乎只定時看中央流行疫情指揮中心的記者會，其他時間在病房裡只看書、追劇及做運動，以保持平穩的心情。

案八五六醫師在負壓病房的這段時間，雖然內心仍偶爾波濤洶湧，但從另一方面來看，大概是他從醫以來最悠閒的時光了吧！他帶了一堆書籍，也詢問朋友推薦的影

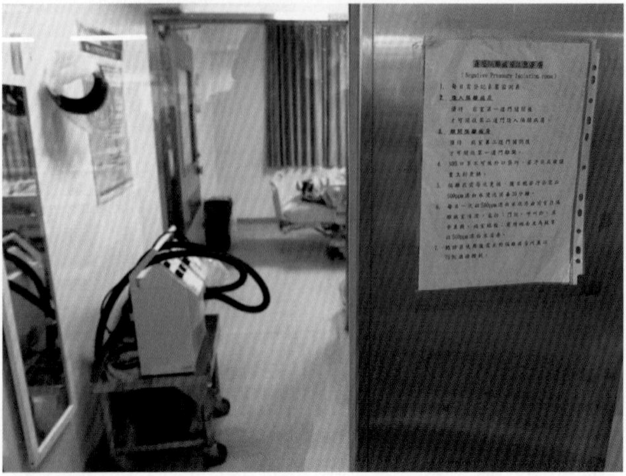

負壓隔離病房裡，儀器陪伴著病患治療的每一天，是醫院裡的重地。

集、電影，吃完飯就在病房內做些運動、健身操，累了就放空或補眠，減低負面及焦慮情緒。

一樣是在醫院過年　從醫師變成患者

案八五六醫師住院時候的前兩周，心情起起伏伏，非常擔心身邊親友是否被傳染？尤其是太太和小孩，也不敢對他們透露太多訊息，以免太太和小孩擔心。住院後兩周，案八五六醫師很期待恢復健康，心想趕快二採陰性，就可以解除隔離出院；然而事與願違，因為第二次採檢結果並非陰性，所以案八五六醫師被留在負壓病房過農曆新年！

「以前值班待在醫院過年過節，心中有一種神聖的使命！」案八五六醫師說，現在因為染疫不得不留在病房內，充滿了無常和無奈，心裡非常糾結，沒辦法順利離開負壓病房，二〇二一年初就遇上世紀疫情，堪稱人生最曲折多舛的境遇。

偶爾，案八五六醫師和家人視訊通話報平安，聽到孩子們天真地問：「爸爸什麼時候才能回家啊？」一陣酸楚湧上他的心頭。醫院同事會固定打電話關心慰問案八五六醫師，甚至包括身心科醫師的輔導，紓解了受創的悲傷與痛苦，「很感謝大家一起陪伴面對恐懼、無力感和未知之數。」這在事件發生的那段期間，是案八五六醫師未說出口的內心話。

住院卅四天捐血清抗體助研究　感謝太太當後盾

二〇二一年三月初，案八五六醫師解除隔離的前一周，他才打電話讓母親知道染疫實情，然而，電話那頭傳來哭泣的聲音，他驚覺自己非常不孝，連聲對母親說：「我恢復狀況很好、不要擔心。」他其實一開始接到住院隔離指令，只敢跟家人說是一般的隔離，但是不知道要住多久？事實上為了保險起見，後來他繼續住院治療，連農曆過年都無法團聚吃年夜飯。以往應是與家人共同團聚、享受幸福的時刻；治療隔離期間，舉目四望盡是病房內冷冰冰的儀器，還好現代人有手機可以視訊，案八五六醫師看到家人一切安好的畫面，稍稍撫慰被病毒侵襲的疲憊心靈。

案八五六醫師入住負壓隔離病房，經過卅四天的治療，終於平安出院。在醫院治療期間，他最大障礙其實是必須克服一個人的孤單。事過境遷，案八五六醫師很感謝醫護同仁對他的細心照顧，不只治療身體病痛，也幫助自己保持最佳心理狀態。他心疼太太一打二照顧幼小的孩子，家人無怨無悔的支持，是另一項強大後盾。

事實上，案八五六醫師痊癒後最想捐出自己的抗體，協助COVID-19疫情的各種實驗研究，他休息一段時間後回到工作崗位，也不時提醒自己以貼近染疫病患的同理心照護每位民眾。

護理師一家被傳染 反安慰染疫醫師別自責

身為前線醫護人員，每個流程都確認做好防護流程，沒想到卻還是不慎染疫，心中無限自責。案八五六醫師住院期間，聽到案八六三護理師及其全家人染疫的情況，心情更是盪到谷底，曾懊惱著：「是我造成的傳播鏈嗎？」

在案八五六醫師印象中，彼此並沒有太多的接觸，只能感嘆這波疫情真的來勢洶洶，而且病毒狡猾善於偽裝，即使沒發燒、沒咳嗽也可能已經染病，讓隱形的病患成防疫漏洞。案八五六醫師自己每天僅醫院、家裡兩點一線的規律生活，也因為病毒而住進負壓隔離病房，染疫成為他生命中意外的插曲。

除了對家人的虧欠，案八五六醫師住院期間也傳訊息關心案八六三護理師，案八六三護理師的婆婆確診當天病逝，一定無法承受莫大傷痛，案八五六醫師想到自

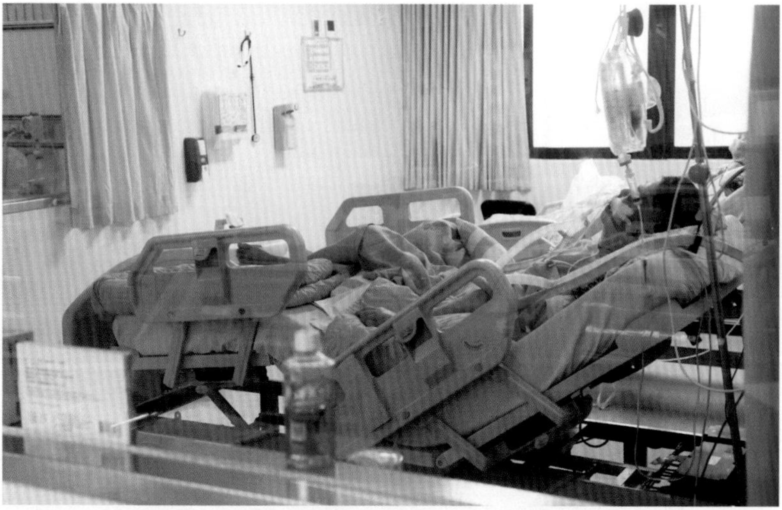
醫護團隊發揮群力智慧，和病患一起與疾病搏鬥。

己可能是傳染途徑，感到難過，身心科醫生不斷輔導他：「畢竟都在同一個醫療環境裡，染病在所難免。」案八六三護理師承擔失去親人的痛苦，也暖心回覆：「我們都是因為工作，沒有誰想發生這樣的事情，只能互相勉勵趕快好起來。」案八五六醫師受到多方鼓勵，不論是出院回歸家庭或回到工作，更要好好回報醫學專長，盡心陪伴家人、盡力照顧病患。

醫護不是超級英雄　人人都須自我保護

案八五六醫師出院後，深切瞭解醫護人員並不是超級英雄，也會生病、也會染疫，希望社會大眾不要太過苛責。他很高興自己能戰勝病魔，雖然住院期間不斷重複抽血檢查、照心電圖、血氧濃度等，「以前為病人做的事輪到自己身上來，」案八五六醫師苦笑地說。

桃園醫院院內感染持續擴大，指揮中心將全院升級為紅區警戒，幾乎每日都有病人被推往急診採檢區。

病毒改變了人類生態，我們都不知道病毒什麼時候在身邊？一定要做好自我保護，彼此加油打氣，相挺抗疫度過難關，案八五六醫師也盼望國人對臺灣防疫更有信心。

全家共七人確診　護理師不斷內疚反省

「怎麼會是我？」當院內群聚事件陸續增加個案，負責照顧病人的護理人員竟然也確診，而且陸續衍生一家七口染疫，身心煎熬甚巨，直至清零計畫告一段落，仍不斷自省內疚到底是哪個環節出了錯。

爆發第一起住院醫師感染的個案後，院內瀰漫著一股緊張氣氛，所有人抱持戰戰兢兢的態度，繼續在工作崗位上努力，堅守防疫國門重任。但即使小心再小心，COVID-19傳染力高、病毒不斷產生變異，發病前的潛伏期已具傳播力。

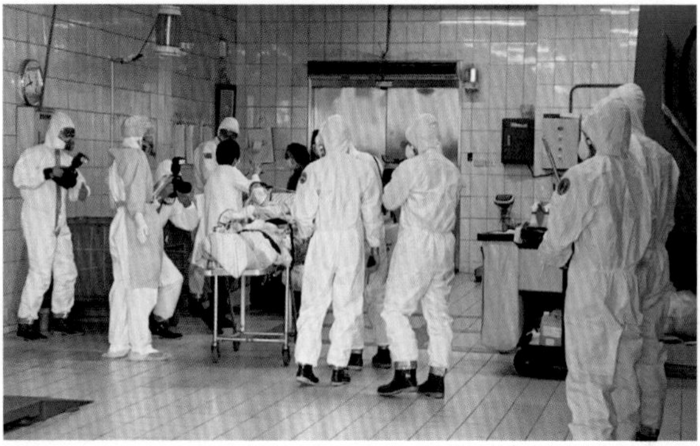

桃園醫院醫護人員全副防護武裝轉出病患到其他醫院，希望清空醫院。做完整的清潔消毒。

桃園醫院染疫案八六三護理師於院內10B病房執勤時，接觸到病房的案八五六醫師後，於一月十四日發病出現症狀。醫療小組趕緊匡列護理師的家人，然而，疫調篩檢後是令人難過的確診消息，護理師共有六位家人都必須強制隔離。

疫調結果出爐，護理師同住的先生（案八六四）、女兒（案八六五）先確診，另一名女兒（案九〇九）、公公（案九一〇）、婆婆（案九〇七）也相繼驗出陽性反應。「我和先生、女兒都前往檢疫所隔離，大姑（案九三四）為了照顧公婆搬來家裡，雖然一開始沒有染疫，因高風險而留在醫院隔離，最後也確診了。」案八六三護理師憶起當下的心情，只能用錯愕、沮喪、焦慮來形容，甚至十分惶恐害怕，因為自己的疏忽，同住的家人全都受到無辜波及，令她感到非常自責。

最怕傳染家人　來不及說再見的痛

「醫護人員也很擔心染病，院內的壓力不是外界所能想像，我們更怕把病毒傳染給家人！」案八六三護理師回憶，因工作範圍與案八五六的醫生有高度重疊，先於一月十二日採檢，結果為陰性，十四、十五日出現鼻塞及咳嗽症狀，至一月十七日再次採檢才確診。短短幾天的空窗期，已經擴散疫情，家人陸續確診罹病，連自願進到家中幫忙的大姑也染疫。最令人難過的是，婆婆（案九〇七）在一月廿八日就醫確診當天死亡，不幸成為國內第八例因COVID-19肺炎的死亡個案。

說起這段過程，案八六三護理師又是無限的感傷。案九〇七她的婆婆原本就有腎臟病、糖尿病、心臟病、高血壓等慢性疾病，婆婆廿八日出現食欲不振、倦怠、發燒等症狀，接著持續咳嗽且呼吸困難，安排採檢發現確診；當晚簽署DNR（拒絕心肺復甦術）放棄急救。聽到消息，案八六三護理師既心痛又難過，婆婆染疫身亡後，依《傳染病防治法》規定，遺體要在廿四小時內火化，而家人都在檢疫所隔離，無人可親自辦理後事，倚賴桃園醫院全力協助處理相關事宜。

案八六三護理師表示，醫護人員在防疫期間承擔了第一線的壓力，隨著疫情持續延燒，肩負照顧病人的責任，只能把恐懼吞進心裡。「我們的焦慮，不是來自於工作壓力，而是不知道自己是否感染，怕成為破口傳給其他人；每天反覆檢查裝備，遵守『戴口罩、勤洗手、不群聚』原則。」案八六三護理師被通知確診隔離時，心情沉到了谷底，自責讓家人暴露在風險之中，對於外界輿論許多對染疫個案的誤解，更感到

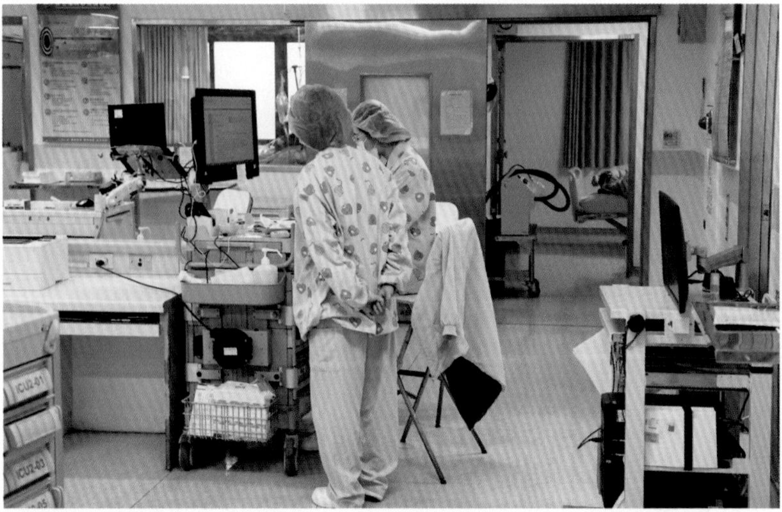

桃園醫院病房護理師彼此討論事情中，醫院的病房區看得到人類與疾病奮戰的痕跡。

委屈、有苦難言。

案九〇七婆婆已高齡八十多歲，年事已高加上慢性病纏身，終不敵病毒過世，桃園市政府民政局徵詢家屬同意，隔天早上在桃園殯儀館完成火化。因其他家人都還在隔離當中，無法送案九〇七婆婆最後一程。她火化後的骨灰暫放於桃園殯儀館，等其他人解除隔離後，再前往祭拜。案八六三護理師沒想到因為職場染疫，竟連帶讓家人確診過世，且不能親自陪伴走完人生的最後一段，天人永隔的痛苦難以撫平。說起這段回憶，案八六三護理師的眼眶泛著淚水，壓抑已久的情緒再次潰堤。

與失智公公同室隔離　親自照顧他

除了案九〇七護理師婆婆的驟逝和後事處理，案九一〇護理師公公本身為失智症病患，容易發展成嚴重併發症的高危險群，行動也不太方便，案八六三護理師主動提出與公公同一病室隔離，方便照料生活起居，也安撫隔離的不安心情。

「結婚之後，我就跟公婆一起生活了廿多年，很瞭解彼此的習慣，擔心公公精神狀況，便要求住在同一間負壓病房。」案八六三護理師即使自己染疫，仍心繫家人的生命健康安全，爭取同室隔離的機會，院方破例答應，協助護理師一家度過最困難的時光。

「住在負壓病房的這段時間，我都不敢讓公公知道家人染疫，尤其是婆婆病逝，出院後他才知道所有的消息。」案八六三護理師說，依公公以前的住院經驗，可能才住一個星期就會吵著要回家，而這次狀況特別，不曉得要被隔離多久？因此她才主動提出同室隔離的請求。另一方面，由自己來照顧家人也能減輕護理人員的壓力，因為光是穿脫全套防護隔離衣、防護罩再層層消毒，就要花上好些時間，過程中也會增加汙染的風險。

對抗負面情緒　病癒是撫平傷痕的開始

同室隔離期間，案八六三護理師透過手機視訊家人的近況，彼此安慰打氣、扶持，度過難關。她也很感謝同仁的加油鼓勵，時常提醒：「多喝水、要把食物都吃

衛生福利部部長陳時中特別去探望桃園醫院醫護人員康復的家屬。

完，才有體力對抗病毒喔！」她坦言，病房裡的電視是她在病房裡的壓力來源，因為每天看到新個案增加，心情就變得更加沉重，「我們一家人造成社區感染」的念頭不斷往心裡頭去，幸好有身心科醫師定時電話關懷，改善負面情緒。「我告訴自己，家人分別住在不同院區的隔離病房，一定要趕快好起來團聚。」案八六三護理師說。

終於，案八六三護理師在負壓病房待了四十天，二月十日採檢結果通過了，家人也陸續出院返家，接下來的難題是如何重振精神。案八六三護理師述說這段時間，除了保持正常生活作息增強免疫力之外，家人給予最大的支持，尤其是先生不斷安慰：「這不是你的錯！」說不內疚其實很難，當自己一月十七日一早接到確診消息，腦中只想著家人也受到感染怎麼辦？雖然全家都已經康復，但很遺憾婆婆走了，箇中經歷的辛酸，只有家人才能體會。

對一般人來說，確診數字是疫情數據，對案八六三護理師一家人卻是難以抹滅的酸楚。同樣確診的先生仍不斷安撫她：「你是為了工作才染疫，沒有誰是故意的！」出院後，中央流行疫情指揮中心指揮官陳時中與衛福部醫福會執行長王必勝、桃園醫院院長徐永年等人親自到家中探視關心，護理師的家人本來很擔心媒體曝光後，生活會受到影響，也害怕鄰居們的眼光，天人交戰後，與主管及長官討論，長官提點：「換個角度看也是讓社會大眾看見我們的健康修復良好，及醫療防疫的成果。」決定讓大眾知道醫護的辛勞和身處前線的風險。

告別疫情向前邁進　部桃回歸常軌

衛福部「清零計畫」於二月九日正式畫上句點，危機解除後，所有染疫人員陸續回歸生活軌道。醫福會執行長王必勝曾說：「Leave no one behind」，不給醫護同仁壓力，等休息好了再至工作崗位繼續奮鬥。案八六三護理師笑說，回到院內，感受到無盡關懷，同仁找吃飯、主動煮雞湯補身，簡單的問候無比窩心。包括主管也安慰她：「病毒無所不在，又難以察覺，防疫的標準作業流程都落實執行了，就不要再怪罪自己。」

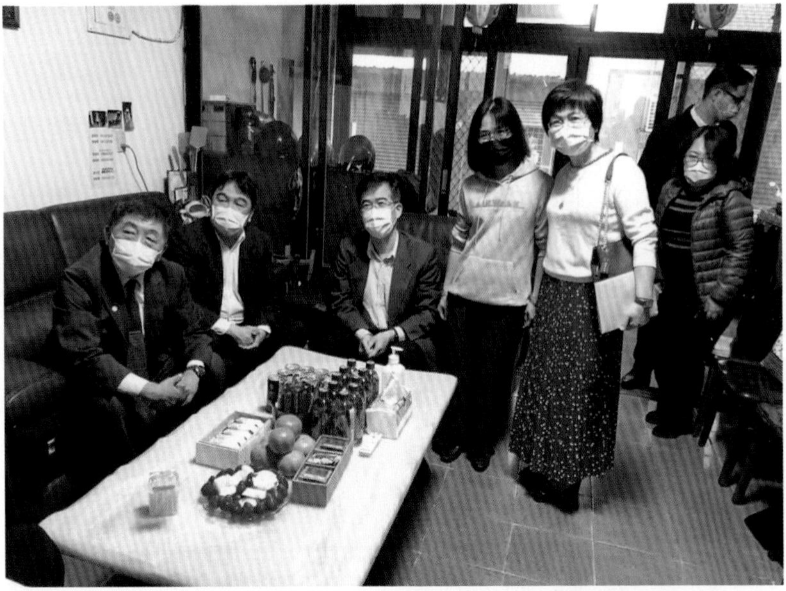

衛生福利部部長陳時中(左一)、醫福會執行長王必勝(左二)和桃園醫院院長徐永年(左三)，連袂前往桃園醫院染疫醫護人員的家中慰問。

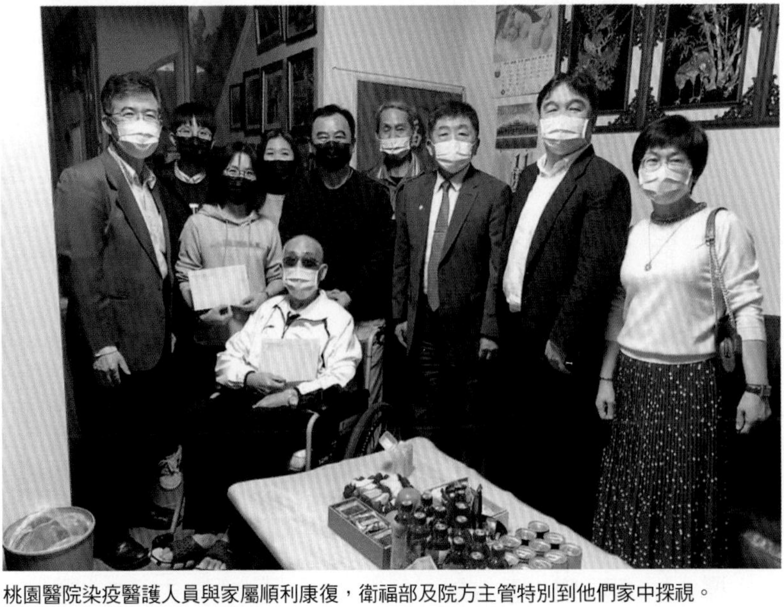

桃園醫院染疫醫護人員與家屬順利康復，衛福部及院方主管特別到他們家中探視。

事情告一段落，案八六三護理師很感激家人的體諒，在疫情期間配合隔離政策，醫護人員因醫療業務受到感染，也受到大眾的責難，但他們仍全力支持自己熱愛的護理工作。

「我要特別感謝大姑，冒著被感染的高風險，主動回家照顧公婆。」病毒滲透力真的很強，把護理師一家七口拆散了在醫院、檢疫所，甚至一人病逝的憾事，每天只能以視訊掛念著對方。家庭的關係沒有因此變得緊繃，反而更加親密，全家一起放下內疚、自責、害怕的情緒。

將失去至親的遺憾　昇華成照顧能量

迄今，案八六三護理師還是非常擔心再把病毒傳染給別人，桃園市政府衛生局成立專案輔導，相關心理關懷及協助也一直在進行中，感染醫護人員的家人們順利痊癒回到職場、學校，心理狀況待時間慢慢撫平傷痛。雖然重新回到社區後，很多事情變得不再一樣，無論如何，終於挺過疫情，只要好好活著，就會看到希望。「在這場病毒戰役中，我非常難過失去婆婆，待我至親的家人，只能把這份遺憾轉為照顧其他人的能量。」雖然心中難免仍有失落感，但對於案八六三的護理生涯工作仍堅持著「擇其所愛，愛其所擇」。

08

第八章

衛福部大家長的耳提面命

——訪陳時中部長與王必勝執行長

衛生福利部桃園醫院應變得宜 陳時中指揮官深感驕傲

院內感染解除快或慢 個案不同

王必勝進駐桃園醫院─疫情一手掌握

衛生福利部桃園醫院群聚事件發生後，衛生福利部部長、中央流行疫情指揮中心指揮官陳時中談到對整個事件的看法，他說：「疫情唯一不變的就是它一直在變，很多細節的問題，我們應該思考的更深一點，很多事情現在來做規劃，可能並沒有那麼大的意義，因為它一直在變！」

COVID-19病毒從二〇一九年起橫行各國，病毒株也一再變異。陳時中舉例，從一開始的時候Alpha病毒和Delta病毒的致死率較高，到現在的Omicron病毒致死率相對地低，很多國家也因此開始解封社會運作，但病毒株仍一直在變異。

曾有專家建議衛福部傳染病防治醫療網應變醫院（簡稱網區應變醫院）一旦啟

衛生福利部部長陳時中，在COVID-19疫情時擔任中央流行疫情指揮中心指揮官，領導全國抗疫有成。

動，便應專心收治新興傳染病的病患，直到任務結束再恢復正常營運。

公私醫院應協力 成為防疫團隊

陳時中指出，全臺已建立有完整的網區應變醫院，只是型態不太一樣，特別是臺灣的醫療體系財團法人化行之多年，好處是兼顧成效和品質，希望有最小的投資達到最大的效益，「但這樣的思考就要變，以這次疫情來看我們就知道，如果沒有公務體系做適當的準備，在疫情快速變化之下，指揮體系就有捉襟見肘情形，所以未來防疫整備思維，也應該思考醫療財團法人化，如何可以快速轉換成公務應變體系。」

陳時中也從部桃群聚事件，著眼到桃園醫院的未來藍圖。他表示，桃園醫院接近國門，它也是公立醫院，可做為防疫上的重要據點，因為這次疫情它有著經驗，再加上地利之便，是否建立防疫醫院，「這些可以來思考。」

陳時中曾擔任衛生署（現為衛生福利部）副署長，對於前身為省立醫院的署立醫院、部立醫院體制運作瞭若指掌。他表示，當年省立醫院或署立醫院陸續釋出，例如早期的新竹醫院、雲林醫院和宜蘭醫院，那時候不斷往外釋出，主要是因為外界認為公立醫院經營效率相對地低，以及人才延攬等等都有它的問題；但這次疫情使這樣的思維必須改變，公立醫院體系的重要性也因此顯露出來。

陳時中指出，桃園醫院一開始收治相關確診病例或將病例送到集中檢疫所照護。另外，也馬上出發到中國武漢市去接臺灣同胞，「第一時間就把效率展現出來了！」當然，這些任務不是財團法人醫院不願意去做，而是沒有直接的指揮體系，需要溝通協調，就沒有辦法那麼快速；而公立醫院體系因為指揮系統一條鞭，才有可能因應快速的變化。不過，陳時中強調，財團法人醫院還是要做國家防疫的堅強後盾，只是在第一時間緊急因應時，國家仍需要有大的政策方向來指揮防疫。

至於專家所提出的次世代防疫計畫，陳時中說：「應該先改善眼前的防疫系統比較重要！」

陳時中從指揮官的角度看問題，點出幾點未來可以再精進之處。他說，從現在的分流和檢驗來看，急救醫療網如何和防疫醫療網做緊急轉換至關要緊，因為急救醫

陳時中部長參加桃園醫院「復原啟動、防疫歸隊」典禮時，受到醫院工作人員熱烈歡迎。

療網原本功能是在分配病患，防疫醫療網在做防疫，防疫醫療網有時候還要指揮地方衛生局去協調醫院支援防疫。而從這次防疫醫療網來看，指揮部立醫院效率最快，請他們空幾個病床出來就會立刻去做，而一般醫院就要再多一點時間去溝通協調，主要是防治醫療網有法規依據可以分配病患到指定醫院，在中央流行疫情指揮中心成立後，將兩者結合起來就能有效率地做事。

疫情緊急時大量湧入檢驗案件
分配與資訊系統至關要緊

「有些人說指揮中心疫情調查有如在繡花！」而疫調同時也仰賴檢驗結果，陳時中認為，嚴謹正確與快速一定要取得平衡，好比說，縱使有一些偽陽性，檢驗也需要快速。

陳時中做為全臺最高的疫情指揮官，有著豐富的經驗。他認為，以前各種傳染病的檢驗件數，都沒有像這一次這麼大量，傳播速度這麼快，相對檢驗速度也要快。

陳時中指出，第一檢驗配案要快，以前發案大多零碎化，但當全國疫情大爆發，檢驗分配相形重要；第二若全國疫情並不大，某一地區大爆發，而那地區的人忙到翻，甚至可能忙不過來，如何快速把檢驗案件分配給其他地區的檢驗單位，以及如何輸送過去，這些都必須顧及。

「不可能要求檢驗量中等地區的檢驗，在疫情大爆發時能夠自給自足，也不可能在平常就做這樣準備，一定要區域協防，例如苗栗出問題，桃竹苗都可以動起來；而桃竹苗都撐不住時，中區或台北區也可以馬上幫忙。」陳時中點出其中的關鍵，這些都需要事先建立好分配標準作業流程，特別是運送和回報系統。因為在二〇二一年五月時曾出現必須填寫廿多項檢驗結果，之後還要輸入、上傳和研判；而以前在做這些等於都是在第二及第三線的檢驗系統，而且是做調查研究之用，一旦遇上疫情大爆發，原先的體系便有捉襟見肘之虞。

陳時中強調，這次疫情，檢驗診斷變成重要工具，因為十分大量。SARS疫情時也這樣做，只是量沒有那麼多。而這次又涉及人民的權益和防疫需要，一旦檢驗結果需要隔離，人民的生活就受影響，但是如果等了兩三天才有結果，匡列得太慢，疑似感染者可能又傳染給別人，防疫就只好一直追。

「檢驗系統的全面資訊化！」陳時中強調，等待檢驗結果的時間無法省，但有些地方可以省，例如行政方面花了太多時間反而產生延誤，世界各國都一樣有這類問題，日本也校正回歸四千多例，這會造成社會成本負擔，這是我國防疫需要改進之處。

部桃應變令人驕傲　也給社會錯覺

陳時中又回來說到部桃群聚事件，「這個事件讓我們覺得很驕傲，但是也對防疫帶來了一個錯誤的想法！」為什麼呢？在部桃事件一開始時，指揮中心非常的緊張，因為是國內真正的院內感染，當時國外的院內感染都是一百五十人起跳，桃園醫院感染人數只有廿多人，桃園醫院可以快速清空，特別是桃園醫院一直擔任支援的角色，防疫意識高，起初桃園醫院確診醫師是從病房漏出來的，「但哪一家醫院不是這樣？一開始大家都批評哪裡有漏洞沒做好，但後來再爆發的也都是如此。」陳時中認為桃園醫院的處置並沒有不當。

部桃群聚事件之所以很快落幕，陳時中稱讚，是因為桃園醫院畫出特定的區域，內部的領導系統健全，同時區域聯防做得好、桃園市長鄭文燦也很努力協調區域聯防

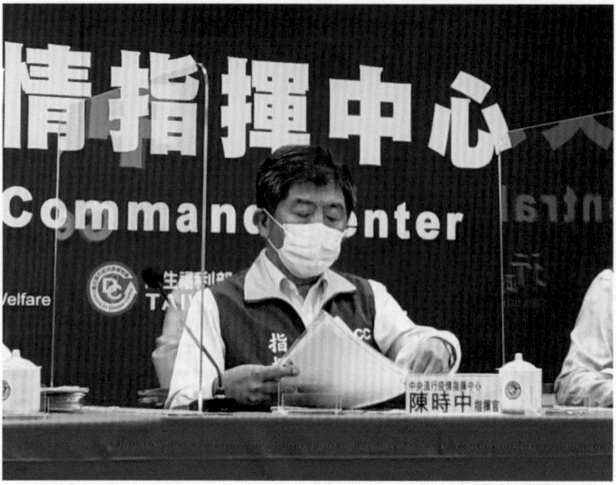

陳時中部長在COVID-19疫情時，在疾病管制署召開記者會向全國民眾公布最新的疫情資訊。

醫院的支援，醫福會執行長王必勝再進駐，協調集中檢疫所做人員適當的隔離、分流，「整體結果也如我們所願，雖然有少數病患流入社區，但整個資源的調度都很好，所以我們很驕傲。」

不過，陳時中話鋒一轉，「但是這也讓我們有一點錯誤的印象，以為院內感染我們都控制得住，以為每家醫院都能夠這樣做！」陳時中心中覺得這是一個非常重要的事情，因為大家覺得對院內感染控制有信心，根據世界各國疫情經驗，感染大多在醫院或長照中心，大家對這兩個場域都是戰戰兢兢，但經過部桃事件洗禮後，許多人認為醫院感染也不過如此，臺灣當時雖然緊張，但是還是可以平順地處理，大概廿多位感染者。

多點爆發傳播鏈和病例　醫院應變不容易

但等到二〇二一年五月臺灣面臨真正的疫情來臨

時，多點爆發傳播鏈和病例，區域協調的協同作戰能力就變差，尤其是雙北疫情爆發時，是這家醫院出問題，那家醫院也出問題，而每個地方政府對轄下醫院的掌握度又不一樣，本以為臺北絕對不會先出問題，因為臺北醫療量能是全國第一好的；但事實上臺北真正能掌控的市立醫院就那幾家，臺北市政府要掌控轄下的醫學中心並不容易，因為醫學中心並非屬於臺北市政府的管轄。而桃園市大多為區域醫院，加上市長的溝通協調，運作起來相對順暢。

原本後來的醫院感染，大家都以為會像桃園醫院一樣，但事後證明每個事件的人、事、時、地、物都不一樣，事實上每家醫院都各有困難在，引用桃園醫院單一成功的經驗，也造成一些輕忽，這是陳時中心中很確實的感想。陳時中說，在傳承桃園醫院經驗時，必須要顧慮到很多條件的不同，然後運用這樣子的經驗要更為小心，並非大家都可以複製桃園醫院經驗。

防疫經費是否編列　考驗人心

對於國家未來能否增加防疫經費？陳時中說：「防疫經費是一種宿命」，有疫情時大家認為設備不足、人員不足，最好錢全部投入；等到疫情降溫後，又檢討為什麼花這麼多錢？為什麼效率不高？事後檢討很多，不是只有臺灣如此，全世界可能都如此。

再提到疫苗，陳時中說，曾有媒體訪問他，為什麼臺灣疫苗做得比較慢？他回答說，臺灣疫苗已經做得不得了了，第一是為何臺灣不做RNA疫苗？那牽涉的底蘊在哪裡？當緊急狀況來臨時，要產生本來底蘊沒有的事物？臺灣在發展次單位疫苗的步調算是快，全世界只有NOVAVAX的次單位疫苗是成功，臺灣高端走到最後，聯亞則在最後的「緊急使用授權」（Emergency Use Authorization，EUA）沒有通過，「高端在臺灣疫苗發展上已算夠快，但大家仍質疑為什麼臺灣以前都沒有發展？」

陳時中常自問，韓國為什麼做疫苗代工這麼多？臺灣為什麼沒有辦法？他指出，那時候臺灣有機會和AZ藥廠合作代工，但AZ藥廠所要求的代工量很大，而臺灣正在發展自己的疫苗，未來也有其他可能的疫苗；再加上它是腺病毒，反應爐做了腺病毒，就無法再給其他的疫苗使用。如果幫人家代工後，臺灣自己研發的疫苗因此無法製造，同時AZ藥廠給臺灣代工卻沒有分配權，代工要多留一些也不行，泰國就是明顯例子，那時候檢視合約有些不合理，所以臺灣沒有接受幫AZ藥廠代工。

另外，陳時中也提到，mRNA疫苗是這一兩年新的技術，在生技界講求的是科技底蘊，當年浩鼎研發愛滋新藥被打壓；再來是高端，還好成功，如果它沒有成功，臺灣生技界在這次疫情可說幾乎繳白卷。陳時中表示，生技就是照著科學的證據一步一步地往前走；但政治汙染了科學，所以投資者不想投資，全世界有兩百多家公司研發COVID-19疫苗，最後只有八家成功，WHO選了兩家候選疫苗，這種成果眼看就要成功，難能可貴。

終結疫情　也必須開放國境

臺灣現在最重要的是想如何終結疫情，陳時中坦言，臺灣終結疫情之路必然更加辛苦，很多的國家可以喊出與病毒共處，這些國家大概都是全國有百分之廿的人民染疫，預估二〇二二年五、六月，先進國家有一半的人口會染疫，與病毒共存是時勢所逼，臺灣雖然並未被時勢所逼，但要因勢利導。

陳時中指出，二〇二二年下半年起世界一定逐漸開放，臺灣如果不開，再下一步的經濟競爭就會差了一大截。

因為若要讓人家進來投資，引進人才，選地建廠，就一定需要要進來臺灣勘查，接著訂單才會進來，像是IC產業訂單。

同樣地，世界也需要臺灣，以前國外來臺灣下訂單是因為便宜；疫情發生後，臺灣因為疫情做得好，形象不錯，商機也多樣性，在後疫情時代，要趕快把臺灣的經濟基礎打得更好，必然要逐漸開放。

專訪衛生福利部附屬醫療及社會福利機構管理會執行長王必勝

二〇二一年一月十一日中午，桃園醫院確認案八三八醫師確診感染COVID-19病毒後，立即設立緊急應變中心（Hospital incident command system, HICS），由徐永年院長擔任指揮官，成立相關分組，並通報中央流行疫情指揮中心此一緊急狀況。

疾病管制署北區管制中心人員和衛生福利部傳染病防疫醫療網北區指揮官黃玉成，都趕到桃園醫院瞭解實情。過了幾天，也透過黃玉成商請長庚醫院人員去現場指導。

提及桃園醫院群聚事件，中央流行疫情指揮中心醫療應變組副組長、衛生福利部附屬醫療及社會福利機構管理會執行長王必勝仍歷歷在目。

在一月十日，桃園醫院院長徐永年打電話給他，「醫院一開始只有一位醫師感染，後來醫師女友也感染了，看起來好像一段時間沒有事，也採檢了一些人，事件過了一周後，桃園醫院有點想恢復營運，以為只有兩人感染，沒有擴散出去，畢竟醫院一直在營運中，業務量多，趕快復原比較好，」王必勝腦海裡快速回顧了桃園醫院整體事件的主軸。

那時候，指揮中心也商請臺灣大學副校長、指揮中心專家諮詢小組召集人張上淳，以及疾病管制署署長周志浩到部桃現場走一趟，再評估看桃園醫院是不是真的可以復原。

衛生福利部附屬醫療及社會福利機構管理會執行長王必勝，在桃園醫院COVID-19疫情群聚事件發生時進駐該醫院，擔任其前進指揮所指揮官，和該院員工同心協力化解疫情傳播。

確診接二連三 直覺「非常嚴重」

事件最初發生時，王必勝也透露一段外人所不知的處理過程。在部桃事件緊急的頭一兩天，王必勝正與指揮中心指揮官陳時中連袂到金門視察離島防疫準備，一時之間無法趕回臺灣。路途中，王必勝心裡早已忐忑不安，「我接到部桃電話告訴我，又發現一個確診；當第三位確診者出現後，當然就沒有什麼復原的問題，我整個人覺得焦慮不已。」

當從金門回到臺灣本島，陳時中與王必勝一行人馬不停蹄趕往南部視察其他檢疫所，離開高雄後又往臺南，在前往臺南檢疫所的路上時，王必勝電話接到桃園醫院第四位確診人員的訊息。

一小時都不能拖 從臺南直奔臺北

「那時候我就跟陳部長說，這樣不對，感覺

王必勝執行長進駐桃園醫院擔任前進指揮所指揮官時，經常接受媒體採訪。

很怪！我們在往臺南的高架橋上，我又跟陳部長說，不然，我們這裡視察完就回去好了。」大概過了三、五分鐘後，王必勝再次跟陳時中部長說：「我們先回臺北好了？我的直覺是這件事非常嚴重！」陳時中回王必勝說：「我也知道很嚴重呀！你覺得有沒有差這一兩個小時，要先趕回臺北？」後來陳時中想想，覺得王必勝說得也有道理，請座車司機先下交流道，掉頭回臺北。

王必勝坦言，其實在桃園醫院群聚事件發生的第一周，他收到各方傳來的消息，呈現部桃有點慌亂的狀況，「似乎是院內的分艙分流措施沒有做到很完整。」

在當時全國極少社區感染的情形下，桃園醫院發生院內感染，大家壓力都很大，雖然部桃事件最終是共廿一位醫護人員與民眾確診，與後來的疫情比起來不是院內感染最嚴重的醫院；但是王必勝認為，一方面當時臺灣尚未發生醫院的大型群聚感染，除了長庚醫院之外，沒有醫院有處理大型群聚感染經驗；另一方面，桃園醫院是臺北和平醫院的三倍大，而且有兩千六百多名員工，處理事情起來並非想像中的容易。

王必勝舉例，要採檢醫院裡面這麼多人，除了準備過程耗費龐大，「那時候醫院還是正處於院內感染，不知道會不會引起更多的群聚感染？這些問題都要很嚴肅地去考慮！」因此王必勝就向陳時中自動請纓進駐桃園醫院，希望撲滅剛被燃起的病毒星星之火。

曾赴武漢接回臺商　部桃事件再挑大樑

王必勝不是第一次擔任前進指揮所指揮官了。在二〇二〇年初全球爆發COVID-19疫情之後，他曾前往中國武漢市天河機場接臺商回臺灣，就擔任那次任務的前進指揮所指揮官，直到部桃事件又再次挑起重擔。

被問到那時候進去桃園醫院會擔心嗎？王必勝臉上閃起自信的神情：「老實說，我去每一個疫情感染的地方，都有心理準備，就是染疫就染疫了！」王必勝自知，因為即使很努力地保護自己，可是就是到了一個疫區！當他踏進桃園醫院時，也不知道醫院裡面哪裡有感染？哪裡沒有感染？「我第一個直覺是，要先把這個地方鞏固好，是不是讓它安全性高一點？我當然也怕感染，因為有任務在身，怕說還沒做幾天就垮了，就還要找人在來接手，萬一銜接有什麼問題就麻煩了。」王必勝和其他防疫人員一樣，都有一顆負責任的心，深怕出了差錯影響大局。

不過王必勝也強調，對指揮官來說，不是誰想去，他就一定給誰去，指揮官要判斷這個人適合做什事，尤其指揮中心人才濟濟，指揮官心裡自有定見。「我自己也會評估，我是不是適合去？像是如果是去國家衛生研究院做基因研究，可能就不適合我，」王必勝笑著自我調侃。

自動請纓進駐部桃　和陳部長心有靈犀

回到王必勝去臺南檢疫所路上的這一幕。當他向部長請示要進駐桃園醫院後，感覺陳部長好像心裡也是這麼想著。打從去武漢天河機場接臺商回臺任務開始，兩人的默契更是好到爐火純青，「就是眼睛對到了，我都還沒開口，他就自動說了要我去處理。」王必勝用一種電影定格畫面般的形容，笑說著這五年多年跟著陳時中部長做事，許多時候是盡在不言中。

當王必勝一回到臺北，立刻回家整理了一個行李箱，因為擔心萬一自己也感染，就要隔離，所以備齊了所有隔離需要的物品，之後就用一種赴國難般的心情趕往桃園醫院。

進駐後先規定 討論一律「零接觸」

一月十八日這天的下午，王必勝一進到桃園醫院就開始擬訂計畫。最重要的第一件事，就是規定誰可以進來，誰不能進來前進指揮所！外人或許不明瞭，這究竟有什麼重要？王必勝解釋：「人們習慣在發生事情的第一時間，會想要去幫忙，所以我一進去部桃就規定，在醫院內沒有業務必要，要互相見面的都不准，一律都用電話或視訊聯絡。」這應該也是熟悉醫院感染管控的人才會有的思考。

部桃事件前進指揮所就設在桃園醫院十四樓辦公室，在王必勝一聲令下，馬上進行管制，沒有必要的人勿往十四樓，因公非去十四樓者，必須篩檢陰性者才能到那裡開會處理事情，這是王必勝的鞏固醫院心法。

部分專家在部桃事件剛爆發時，在協助上可能稍使不上力，不過王必勝進駐後未遭遇這類困擾。一來，因為部立醫院本來就是由王必勝領導統御，他雖未在部桃工作，但也認識不少裡面的主管與員工，再加上有時必須視察，對於醫院內部病房設施、動線等並不陌生，因此召開前進指揮所各項工作會議頗為順暢，大多是由他與徐永年院長主持，然後副院長、科室主管及工作人員等人都會一起來開會。

部桃與指揮中心溝通 靠王必勝搭橋

對於部桃人來說，王必勝有如指揮中心那座燈塔頂端的探照燈，明快清楚地指引了部桃在群聚感染驚濤中航行的方向。而王必勝也自問：「我去那裡做什麼？我的任務是什麼？」其實王必勝有幾個任務，第一個任務就是指揮中心的想法，能夠真正落實到第一線！比方說採檢，王必勝舉例，採檢需要計畫性採檢，而不是一直採檢，而是哪些人該採檢？什麼時間採檢？下一次什麼時候才要採檢？為什麼要採檢？都有一個原因。

有著豐富醫院管理經驗的王必勝說，在疫情威脅下發生院內感染，當下醫院員工一心可能只想要趕快採檢，有否染疫？可是採檢只是證明當下有無發病染疫而已，因為採檢過了，暫時呈現陰性，一旦出現症狀又自我安慰，可能就只是流鼻涕，因此有可能放下戒心跑去看診，甚至繼續工作，沒有通報指揮中心。

員工心慌爆料 基層的小事會變大事

王必勝在桃園醫院的第二個任務是，第一線工作人員需要什麼？他要轉達給指揮中心，這樣接下來才能幫他真正做事。王必勝說，大家總是覺得第一線工作人員需要的，不一定是真實的，但是應該將心比心，「如果我是基層人員，我也沒有辦法凡事都向院長報告，而當我想要的東西都沒有人幫我，我可能只好向媒體投訴，」然而透過媒體爆料後，披露的情節也許不一定正確，或是在各面向並沒有那麼精確，因此王必勝認為傾聽第一線工作人員需求十分重要。

會替基層員工考慮這麼仔細，是因為多年前發生SARS疫情時，王必勝擔任臺北榮民總醫院和指揮中心的聯絡官，北榮醫護人員一有需求就打電話給王必勝，他得到許多寶貴的經驗。

SARS疫情任北榮聯絡官　有人打來要臉盆

「人一慌張就會一直打電話，希望有個情緒出口，那時候護理單位打電話來說沒有臉盆，我的角色有點像一九二二，」王必勝說，當年仁濟醫院疏散病患到臺北榮總，合作醫院之一的關渡醫院有收治病患，由護理主任和他一起在現場處理疏散病患，而護理主任後來確診，留下一些肺纖維化後遺症，還好王必勝並未被感染，他認為一方面是運氣使然，另一方面是自我防護有做好，觀察注意周遭人士能避開就避開。

時空轉換，COVID-19疫情王必勝變身為領導者，帶領部立醫院員工抵抗病毒。他說，本質上沒有變化，都是在做上級交辦的任務，只是階級不一樣而已，桃園醫院有某科某人去媒體爆料排班不公平，這類小事在他們眼裡是天大的事，都必須去處理。

王必勝說，指揮中心防疫專家及防疫醫師彼此開會，按照眾人的規畫才有邏輯和意義，但或許醫院一時之間沒有收到訊息而沒有落實，他去部桃比較容易落實指揮中心的意見。另一方面，在桃園醫院群聚事件發生時，王必勝等人畢竟已在指揮中心執行防疫工作一年了，包括與疾病管制署莊人祥副署長或羅一鈞副署長，彼此之間都已培養良好默契，電話拿起來就可以討論事情，因此很容易溝通並且解決問題。

比照作戰　敵人是看不見的病毒

說到第三個任務，王必勝強調，必須進入桃園醫院的目的，就是人必須到現場！因為沒有在現場，可能不知道如何擬訂指揮計畫，不清楚怎麼開始。舉例來說，如果指揮中心要求桃園醫院人員只出不進，病人怎麼移出？轉院怎麼轉？下一步就是要去執行，而指揮時就需要去現場。為什麼稱為前進指揮所？它是一種戰爭的術語，就像是總司令下令要進攻，應該如何進攻？需要一個人去指揮，王必勝就像負責帶領部桃員工對抗肉眼看不見的病毒的指揮官。

王必勝也透露，其實在第一時間，有不少專家質疑為什麼要成立前進指揮所？認為成立之後要做什麼呢？坦白講，他在還沒進入桃園醫院時，也不知道要做什麼？然而進入醫院到現場後，就知道要做什麼了。事實上他去到桃園醫院後，也是見招拆招。大致上第一時間是先鞏固安全，先把這個地方弄安全，然後讓自身不會受威脅；第二就是馬上要瞭解狀況，把來龍去脈都掌握了，知道目前進度做到哪裡。

掌握員工需求　逐一解決才不會亂

對王必勝而言，就醫院管理的角度，要把一件事情做好，一定要先知道各種層級的人需要什麼？像是基層員工最關心薪水，尤其醫院降載停診，員工薪水可能受影響。另外，員工休假、安危等權利與義務相關的事，甚至是會不會封院？員工可能想回家拿取隔離時要穿的衣物等問題，都必須一個個去解決；如果沒有好好解決，基層員工可能無法團結而且會一團亂。「大家都說和平醫院封院時，醫護人員被關很久，甚至還有部桃員工開玩笑說，要回家交待遺言！」

王必勝觀察到，不同層級員工會關心不一樣的事情，對前進指揮所指揮官來說，每個人的訴求是個人的事，但很多個人的事加起來，就變成眾人的事，必須要及時瞭解與處理。

而執行這三項任務，最重要的目的就是清除掉醫院裡的COVID-19病毒。王必勝回想起來，尚未進去時，都覺得凡事可以按部就班；然而進去到現場有如槍林彈雨，常常處理好一件事情，另外一件事情又接踵而至，只能一步一步來。

轉出病患要趕快　但想快也快不得

王必勝回顧部桃事件，他認為處理疫情要快，早半天知道檢驗結果，比晚半天知道檢驗結果來得好。因為擔心疫情會擴散，不知道燒到哪裡？須趕快進行擬好的計畫，將病患轉出後就可以清空醫院，該隔離儘快隔離，不能出院者，由在綠區的醫護人員照顧，等到這批醫護人員累了，再輪到隔離結束的醫護人員接手，形成人力循環，而且是安全的。

而醫院分工很細，如專門化療病房需要專業護理人員，假設由外科病房派到化療病房，有可能連配藥或如何施打藥都無法在第一時間上手，可以說轉出病患，是為了顧及病患的照護品質，這是從事醫護工作的初心。

王必勝說，當時將桃園醫院病患轉出的障礙，不在於人家收不收？而在於艱難。舉例來說，病患要轉出時必須分類，第一類是可以出院者及列入居家隔離者，就回家自主管理；第二類是戴著呼吸器、在加護病房、安寧病房的病患，以及戒護犯等無法移動的人，剩下約七十多位的病患可以移動，他們病情如何？轉到哪裡？哪家醫院要收？都必須在一到兩天內完成。

轉院者無法躺救護車　半夜行動躲媒體

這些病患轉出前，也必須先採檢，並經過三度採檢，亦即轉出桃園醫院的當下是陰性，而後來事後證明沒有任何一位確診。另外，有些轉出病患連搭救護車轉院都有困難，像是有人躺不下來，因此院方讓可以坐在椅子上的病患坐小巴士；最遠者有送到臺中及彰化等部立醫院，而且為了閃躲媒體，還必須半夜進行，其中艱辛非外人所能想像。

而反過來說，處理疫情也不能趕。原因在於，即使統統都做好了，病毒的潛伏期就是需要等十四天，才能知道這樣是否有效，要一個潛伏期甚至兩個潛伏期，都需要耐心。

王必勝坦言，其實在部桃前進指揮所時並不太忙，大部分時間都在等待，常一天開好幾個會，隨時開，早上開完會、中午就要有結果，很可能一天要開三次會，那時候朝令夕改是常態，當然也是隨著疫情的改善而減少開會次數。他也提到，何謂清零？就是等候時間足夠，所有的人採檢完畢且呈現陰性，如此才能讓社會大眾放心。

王必勝執行長進駐桃園醫院共廿天，是人生一段難忘的經驗。

醫院間共體時艱　支援病患轉院

對於部桃員工認為王必勝協助轉出病患十分給力，王必勝說，他因為擔任公立醫院協會理事長，和公立醫院特別熟悉，醫院彼此之間也會擔心下一個群聚感染會不會輪到自己的醫院？在這段時間，這些醫院都共體時艱，互相幫忙很多。

另外，王必勝也要謝謝桃園市鄭文燦市長第一時間就組成桃園區域聯防，所有大型醫院都加入，共八家醫院，由鄭市長親自主持會議，開了好幾次會議，獲得大家必須彼此合作的共識。像是桃園醫院周邊的林口長庚醫院、桃園總醫院等都大力支援桃園醫院，讓轉出的病患就近轉院，避免舟車勞頓，大家體諒病患的心讓人備感溫暖。

國軍桃園總醫院後來發生群聚事件比桃園

醫院嚴重許多，王必勝也和鄭文燦市長到桃園總醫院走一趟後，馬上電話連繫各醫院幫忙，桃園醫院也伸出援手，其總院及新屋分院都收治許多桃園總醫院的病患，甚至連檢疫所也收容當時來自桃園總醫院的醫事同仁，這就是互相協力的最好例證。

臺灣爆發COVID-19疫情後，陸續有多家醫院淪陷，是否未記取桃園醫院的教訓？王必勝說，一旦社區感染了後，病毒無所不在，總是會攻進醫院。他舉例，彰化醫院院內感染後來有十九人確診，但事實上彰化醫院守得很好，因為彰化地區只有一家公立醫院，確診者全送到彰化醫院，最後它收治了兩百名確診者，且感染源是從護理之家某位照服員而來，病毒後來一個傳一個，滲透到其他人，才造成院內感染。

院內感染狀況不一　不能複製防治經驗

當時各醫院之間，是有透過研討會或管理階層會密切連繫，例如其他醫院發生院內感染時，院長也會直接打電話請教徐永年院長如何處理？王必勝強調，所有的院內感染事件都是不同的，部桃事件處理只能參考，不能複製，必須根據各醫院現場狀況去做調整，對於院感處置、集中檢疫所，由於疫情一直未結束，因此有很多更好的措施尚無法落實。

王必勝再舉後來的京元電子、環南市場等事件，他認為和部桃事件不盡相似，因為醫院裡面還有病人，當發生群聚感染，工廠可以停工，市場可以休市，但是病患還必須維持照護品質，這就是最大的不一樣。

進駐部桃廿天 只敢去海邊透透氣

王必勝一共在桃園醫院待了廿天，沒有在醫院裡，就是住在醫院附近的檢疫所。後來在檢疫所隔離的人陸續解除隔離，整個檢疫所只剩下他一個人，「那時候我偶爾會去海邊走走，聽聽海的聲音，又可以看遠，心情會比較沉澱，」王必勝感性回首部桃事件這一戰役，當時訊息不斷，每樣事情都需要他做裁決，遠離人群的海邊，就成了王必勝靜下心思考的避風港。

「我那時候買東西也盡量去得來速，不要進去店裡，因為我把自己當成有可能會確診，疫調時會發現我的足跡很單純，不是海邊就是得來速，不要造成其他人困擾，因為我想如果我確診，那一定會是大新聞，回指揮中心開會萬一又傳染給他人就不得了。」那些日子王必勝沒有參加指揮中心例行記者會，都用視訊方式參與。每天下午兩點，他一樣定時收看，看記者的發問問題，以便及時處理，陳時中部長也常晚上去電詢問王必勝最新狀況，同時常提點王必勝：「心頭要『抓歐定』（穩住）！」兩人之間的電話熱線，穩住了一家醫院可能的危機。

09

第九章

驚濤駭浪中的艦長

——訪徐永年院長

部桃群聚事件關鍵還原

臨床治療「急事緩辦」（Time out）為先

部桃群聚事件始末

衛生福利部桃園醫院在二〇二一年除夕年前爆發群聚感染風暴，廿一人染疫，其中包括國內第一例確診醫師案八三八醫師，以及案八六三護理師一家七人染病，高齡八十多歲的婆婆不幸病故；桃園醫院並先後隔離了五百四十二位部桃員工，震驚了臺灣社會。

醫師染疫　院內感控失守導火線

案八三八醫師於二〇二一年一月四日在桃園醫院7B加護病房，接觸染疫、並從美國加州回國治療的男病患（案八一二），案八三八醫師之後並無異樣。直到一月八日出現些微發燒和乾咳，但症狀並不明顯，且他有過敏體質，因此不以為意；然而到了一月十一日終於確診。

案八一二為境外移入個案，因為病情危急，住進桃園醫院加護病房，劇烈咳嗽，一直喘氣，並且從頭咳到尾，滿地都是擦拭咳嗽的衛生紙，以為自己沒救了，一邊咳嗽，還一邊向醫護人員交代後事，希望代為轉告他家人。

沒落實防護環節　醫師成破口

案八三八醫師剛好行經加護病房，緊急支援另一名醫師，協助案八一二插管。他一心只想救人，卻忘了插管的感染風險極高，在沒有做好應有的防護之下，不僅自身被感染，也讓桃園醫院陷入創院以來的最大災難。

案八三八醫師事後檢討，坦承當時看到病患喘咳，如果沒能迅速插管，就可能死亡，心想醫院這一年來，已收治處理眾多COVID-19病患，經驗豐富，應該沒問題，雙手還戴了兩層手套，就這麼上場，但仍有防護環節沒能落實。

桃園醫院院長徐永年認為，如何精進各級醫師訓練，成了防疫改革關鍵要點，應讓年輕醫師瞭解到「急事緩辦」的重要性，臨床治療無論是內科或外科，「緩辦」（Time out）勝於一切；觀察事情應從整體團隊的角度去看，絕對不能為了搶救病患而奮不顧身，應保持冷靜。他也希望所有醫事人員千萬不能急就章、將就行事，即使

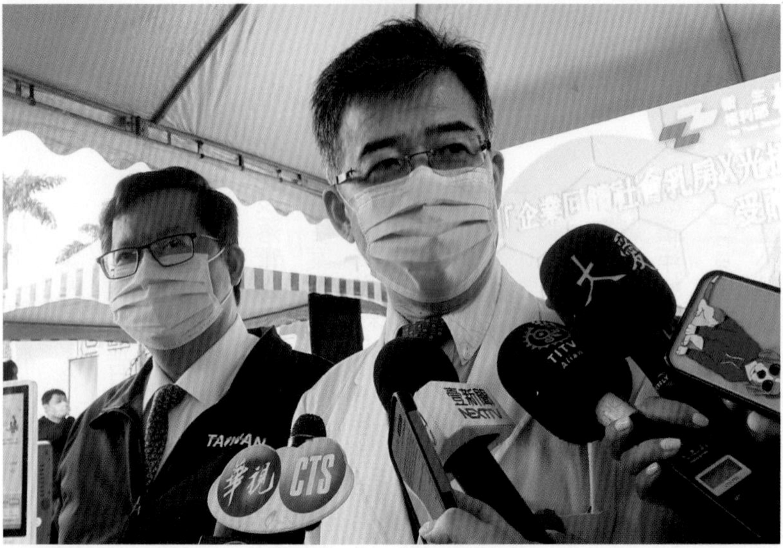

桃園醫院群聚感染事件過後，院長徐永年（右）接受媒體採訪。

病患情況再怎麼地危急，都需謹守醫療SOP，照著規矩走。

在未發生華航防疫旅館群聚事件以前，桃園醫院群聚事件曾被中央流行疫情指揮中心指揮官陳時中視為「疫情最大危機」。

做為桃園醫院的領導者，徐永年首次吐露他在事件四十四天的心情起伏，有時好不容易稍能歇口氣，隨即又心驚膽顫，有如坐雲霄飛車，稱得上是他從醫以來最難忘的一段時間。

一月十一日　桃園醫院員工難忘的日子

一月十一日，這會是徐永年永生難忘的一個日子。那天早上，在部桃十四樓光亮整潔的院長室裡，徐永年正與各部門主管開會，熱烈討論醫院未來的發展走向。會議開到一半，徐永年手機響起，內科主任李世偉在電話那頭語氣略顯緊張地說：「院長，我們七樓病房有醫師確診了！」

徐永年說，當他接到李世偉電話的那一刻，心裡想：「怎麼可能？」但同時也警覺這事非同小可。在掛了李世偉電話後，馬上打電話給衛生福利部附屬醫療及社會福利機構管理會執行長王必勝說：「執行長，我們有一位醫師確診了！」徐永年記得，王必勝第回他的第一句話是：「喔！」沒想到，這只是一連串考驗的開始。

可能王必勝大概也沒有想到，桃園醫院竟然會發生群聚感染事件。因為這家醫院過去一年收治病患算是順暢，雖然有重症個案被送進來治療，但都能處理得當，並未出現感染緊急事件。

當徐永年接到李世偉主任電話，在電話裡一直追問：「旁邊還有誰？」「範圍有多大？」但一時之間，部桃人員也沒辦法問得很細，在疾管署人員來到桃園醫院之前，約莫有三、四小時，雖然稱得上坐立難安，但他們也只能先做沙盤推敲，試圖去瞭解這位確診醫師可能的感染途徑及感染範圍。

「那個時候第一時間應該Freeze（暫停），要瞭解醫師去過哪些地方？有觸摸哪些地方？如此才知道哪些有相關？哪些沒有相關？哪些OK及不OK？」徐永年事後回想，有太多疑點需要釐清，但事情都已發生了，只能冀望未來不要再出現同樣的事情了。

衛生福利部醫福會執行長王必勝（左一）擔任桃園醫院前進指揮所指揮官，必須經常與院長徐永年（中）開會討論如何控制院內感染。

徐永年坦言，部桃群聚感染這件事爆發以後，他反省：「部桃內部的確也是有點輕敵，包括我自己也是。」自二〇二〇年一月疫情初起時，大家的確持續高度警戒防禦，可能才過了幾個月卻鬆懈了。

桃園醫院在一月十一日通報衛福部後，疾病管制署包括防疫醫師及相關人員，在當天下午四點就來到桃園醫院，這也是桃園醫院第一次有疫調人員來臨，主要是詢問感染科鄭健禹主任相關細節。

事實上，事件發生第一天，整個狀況有點亂，桃園醫院甚至以為只有一位醫師確診。令徐永年印象特別深刻的是，「疫調人員在制訂誰需要做居家隔離措施時，一開始顯得有點保守，主要是擔心會影響整個醫院運作。」

第二例染疫醫師出現　大事不妙

回憶起事發當天的心境，徐永年說，「剛開始還心

桃園醫院群聚感染事件發生後，醫院各科室主管經常要與指揮官王必勝和院長徐永年開會討論事情。

存僥倖，告訴自己，應該就只是這樣而已。」不料，事與願違。

徐永年與副院長們、防疫人員從下午開始疫調，調出院內錄影畫面，審視過去幾天加護病房及七樓病房的所有畫面，只要曾與案八三八（部桃首位確診醫師）接觸時間十五分鐘的護理人員、住院病患，均需匡列為接觸者，逐一比對。直到凌晨十二點多，發現接觸者及有症狀者的人數超出預期，範圍竟如此之大。

一月十二日匡列案八三八的女友（6A護理人員）為親密接觸者，接受採檢，隔天報告出爐，為陽性反應。其實案八三八醫師女友（案八三九）案例一出現，桃園醫院主管以為感染範圍只侷限在家庭裡，只有他們兩位，徐永年不諱言：「這在預料之內，當時覺得還好，直到案八五六醫師出現，才驚覺大事不妙。」

回憶倒帶到一月十六日那天，腦海裡的記憶清晰難忘。案八五六為桃園醫院高階主管、資深醫師，案八五六醫師與案八三八醫師在一月四日晚上一起值班，有共同處理另一名病患，兩人有近距離交談和互動。由於桃園醫院當時並沒有專科病房的運作，有空床就收病患，以「病患不動、醫師動」的原則運作收治病患。徐永年說：「這位案八五六醫師為人很客氣、有耐心，常被同事找去會診，正因如此，他的足跡幾乎遍及全院，到過許多病房照顧不少病患。」這個關鍵令桃園醫院上上下下擔憂疫情是否因而擴散。

護理師確診　多樓層被病毒攻陷

隨著院內兩名醫師陸續確診，徐永年心情七上八下，就在案八六三護理師被確診，他知事情大條了，「真的有被嚇到！」

因為桃園醫院護理部有個優良傳統，常常會開會討論事情。此個案案八六三護理師，經常參與院內重要會議，聚會時間長，且與會人數眾多，一旦病毒由此擴散，多名護理人員染疫，眾多醫護人員必須隔離，居家檢疫，那全院人力恐將癱瘓，無法運作。

其中護理科主任陳素里，她只是接下從案八六三護理師手中遞來的一份公文，就被匡列隔離十四天，「雖然有點杯弓蛇影，但她還是被篩檢了七次，也因為責任心重，一直想回來上班，還好她後來沒有被感染，」徐永年很感佩護理人員為工作的付出，但也由此可見當時的緊張氣氛。

此外，案八六三護理師服務區域在九樓病房，這代表警戒紅區已經從七樓延伸至九樓。環境檢測發現，案八六三護理師辦公室屬於高度感染區，桌上、椅墊、電腦螢幕及鍵盤均驗出病毒。徐永年點出關鍵：「這正可解釋一向口罩不離身的護理人員為何染病，因為環境已遭受病毒汙染。」

案八五六醫師事後也回想：「我好像有和案八六三護理師交班。」桃園醫院相關主管有如柯南辦案般去推敲：有可能是環境因素，案八五六醫師去摸電腦，案八六三護理師也去摸電腦；因為案八六三護理師的桌面、電腦和椅把都是病毒。但由於案八五六醫師症狀輕微，且因為個人有點鼻中膈彎曲，常常擤鼻子，以為自己沒事，毫不自覺已感染。

然而此時，桃園醫院已人心惶惶，病毒無所不在，院內每個同仁、住院病患都可能是無症狀的感染者。隨著案八八九這名癌症病患的出現，整個疫情又往外擴散，內科住院病房七、八、九及十樓陸續出現確診病患，此時連十二樓的外科也淪陷了。

案八八九為七十幾歲男性，是一位癌症病患。他於二〇二〇年十一月因病住進桃園醫院十二樓大腸直腸外科病房，一月病情穩定，出院返家靜養，出現感冒症狀，身體不舒服，至桃園另一家醫院就診，在候診時，將病毒傳給了另一名男性。

桃園醫院副院長們、前進指揮官王必勝、院長徐永年與行政院長蘇貞昌進行視訊會議。

「我們猜病毒到處都是！」徐永年說，原本以為十二樓病房屬於乾淨區域，不料，竟也採檢出一名確診者，所幸醫師多次採驗後，均呈陰性反應，總算感染範圍沒有擴大。

護理師一家七人染疫　痛心不捨

在桃園醫院院內感染群聚事件中，共計有廿一人感染。在眾多確診個案中，就以案八六三護理師全家人的遭遇最令徐永年不捨，一家七人染疫，為這次事件中最大規模的家庭群聚案，而案八六三護理師婆婆也不幸於這場百年瘟疫中過世。

疫調顯示，高齡八十多歲的婆婆（案九〇七）本身就有慢性腎病、糖尿病、高血壓、心臟衰竭等病史，一月廿八日出現食慾不振、倦怠、發燒等症狀，隔日因症狀持續，且合併

桃園醫院院長徐永年（中間站立者），在群聚事件一開始時，便召集醫院主管聚在一起瞭解狀況，並沙盤推演因應之道。

咳嗽、呼吸困難，安排採檢就醫，檢驗結果陽性，於一月廿九日深夜不幸病逝。

案八六三護理師的大伯是桃園醫院附近國小的校長，他明瞭公務體系的運作。事發時，徐永年打電話向他表達致哀之意說：「您母親過世的事，我們也很難過，醫院該處理的就會處理。」由於案八六三護理師一家包含婆婆都染疫，全被隔離，因此婆婆的後事，是由她沒有染疫的大伯及大嫂辦理。

徐永年也面顯憂色：「這一個多月，也是我這輩子首次感受到火燒心症狀，吃了一個月的治療胃潰瘍用藥才算緩解。」

日子到了二月，那段日子桃園醫院每天都在篩檢員工和病患。其實在篩檢這件事，也有一段不為人知的內幕。

桃園醫院第一天就準備好要全院普篩，陳

時中指揮官在案八三八醫師確診的第二天曾指示桃園醫院普篩，後來卻喊停，而桃園醫院做了五百多個檢體只好先放一邊；不過最後還是分階段篩總共篩了兩千五百人。

除了醫師、護理師、住院病患，院內傳送人員也有感染跡象，一名專門在負壓隔離病房負責傳送報告、檢體的大夜班男性傳送員，他獨居在八德區，雖然血液PCR聚合酶連鎖反應（Polymerase chain reaction）為陰性，但血清抗體檢測卻是弱陽性。為此，防疫人員多次造訪其公寓，前後抽驗七次之多，所幸均為陰性反應，並無傳染力。院方原以為找到「超級病患」，但至今不能證實他有傳染給別人。

另一位是十八年前SARS事件中的三總重症病患護理師，她的IgG抗體呈現陽性，但也無法證實她有傳染給別人。

隨著疫情擴大，部桃全院均列為警戒紅區，指揮中心召開專家會議，決議清零，也就是全院清空，徐永年表示，如何將兩百一十名住院病患轉送至其他醫院，可是一件大工程，且過程緊張，病患PCR檢驗結果需為陰性，才能轉出，就怕一不小心，又形成另一個防疫破口。

白天分艙分流　晚上宿舍無法分割

在那個當下，所有媒體都放大眼睛看桃園醫院每一個動作，那時有人向指揮中心告狀，指桃園療養院及桃園醫院新屋分院仍有桃園醫院醫師去看診，因為民眾看見門診表都還有班，其實是因為院方忙到沒空去換班表，可見這類細微的事情都會被放大檢視。還有院內某主管的太太在中部一家醫院擔任病房主任，也被那家醫院要求不要來上班。

另有一件事，讓徐永年心差點涼了一半，就是醫護人員白天在醫院各樓層工作時，遵守分艙分流，動線規畫明確；但晚上回到醫院宿舍後，卻是各科醫護人員生活圈無法分割。

疫調發現，醫護人員各自在加護病房、乾淨區、警戒紅區等區域工作，遵守院內感控規定，但回到員工宿舍後，就打破了界線，不同科別的醫護人員卻住在同一個寢室。因此院方立刻盤點，改成一人一室，並分送到中壢防疫旅館和部桃員工宿舍，至少有一百人，院方花了一天快速清理乾淨，所幸沒有因此出現新感染個案。

疫情爆發以來，位居機場附近的桃園醫院，收治最多COVID-19病患，處理經驗豐富，被喻為最堅強的醫療堡壘，理應不該出錯，徐永年表示，事後檢討，原因無他，只有「鬆懈」二字。

徐永年表示，這場防疫之戰致勝關鍵在於中央流行疫情指揮中心於一月十八日在桃園醫院成立前進指揮所，由醫療應變組副組長、醫福會執行長王必勝擔任指揮官，建立作戰指揮的單一窗口，除了穩定人心，並簡化許多繁複的行政作業，讓院內所有人員士氣大振，攜手度過難關。

徐永年說，防疫視同作戰，但打戰時，最怕資訊混亂，指令不清，工作人員又必須忙著處理上級單位所交辦的資料，常因數字兜不攏而忙翻天，光是行政瑣事，就令人心力交瘁。

在指揮中心建立單一作戰指揮窗口後，解決了許多問題，徐永年表示，之前各級長官窗口眾多，每個單位都希望能最快獲得第一手資料，一不小心就有資訊網內互打的混亂；前進指揮所成立後，指令趨於單純。

此外，桃園市長鄭文燦也功不可沒，個性熱心爽直，又具有良好溝通能力，在防疫作戰期間，提供許多協助，支持院方所做的決定，另將基層所面臨的困境，直達至執政高層，在短時間內就能獲得解決及援助。

徐永年說，這場桃園醫院創院以來，所面臨最殘酷的挑戰，就在感控專業、行政專業以及管理專業等三大支柱下，逐漸平復，二月七日完成清零計畫，隔天展開復原。

指揮官來電打氣：一定守得住

在醫院爆發群聚感染後的第四天，接到指揮官陳時中來電，給予鼓勵、打氣，

行政院長蘇貞昌（左二）在桃園市長鄭文燦（中）陪同下出席桃園市防疫醫院聯防會議，並與在部立桃園醫院內的第一線同仁視訊連線，為他們打氣。

他告知全院要團結一致，堅守崗位，一定可以守得住；也告訴桃園醫院所有同仁，不用擔心業績受影響等事，部長會幫大家想辦法解決。

徐永年在事件第六天於臉書貼文。他表示，群聚事件剛發生時，因為一邊緊張一邊忙，都是透過群組處理各個狀況，無法走動去處理事件。為此，他錄製一段談話，透過院內廣播系統放送，穩定軍心。

對於部桃所有員工的不離不棄，徐永年再三感謝，他說，部桃員工平均年齡約卅五歲，相較於其他醫院，年輕許多，均為三明治世代，必須奉養父母，撫育子女，壓力沉重，但在四十多天的奮戰中，沒有任何人離職。

桃園醫院團隊面對病毒來襲，以無畏懼的態度迎接挑戰。

封院與否、轉出清零　挑戰決策

在封院或不封院的決策，指揮中心亦再三討論。那時被匡列的內科醫師、護理師及專科護理師有四百五十六人都被隔離；只能請外科護理師照顧內科病患，他們心裡其實也很害怕。後來感謝臺北市立聯合醫院和平院區、新北市三重醫院以及其他醫院伸出援手，接受轉出桃園醫院的病患。

在清零過程中，桃園市總計出動十三輛救護車，多次往返醫院，任務多達七十六次，除了運送住院病患，並協助病患及看護、家屬打包衣物，並執行消毒。待二百多名住院病患全數送至其他醫院後，國軍化學消毒兵進駐部桃院區，花了兩天時間，全院消毒。

一月十一日案八三八醫師確診，開啟了部桃群聚感染事件的序幕，直到二月七日執行

桃園醫院院長徐永年在疫情發生之初，透過院內廣播系統向全院員工溫馨喊話。

桃園醫院院長徐永年在醫院發生群聚感染時，有如在驚濤駭浪中領航的船長，引領員工駛出風暴。

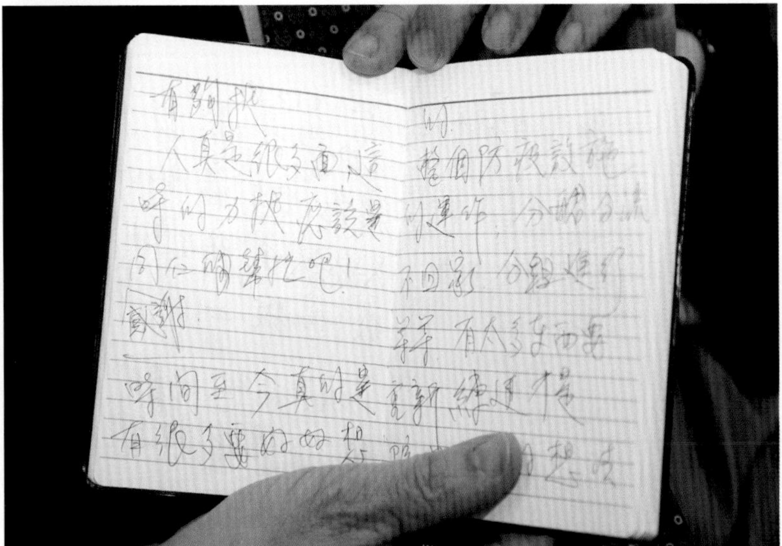

桃園醫院院長徐永年在醫院發生群聚感染時，身邊隨時帶著一本筆記本，記下自己的心情與想法。

桃園醫院院長徐永年在院內群聚感染發生時，寫了一封信向社會大眾報告當時的狀況。

「清零計畫」，徐永年整整忙了四十多天，以院為家，睡在辦公室裡，天天只能換穿免洗內衣褲。鎮守醫院期間，防疫事務繁雜，情緒處於緊繃狀態，幾乎食不下嚥，整個人瘦了一圈，除夕當天終於能回家，見到妻子及孩子，恍如隔世。徐永年笑著說：「本來我在社區不怎麼有名，事件後發生後，民眾還寫卡片請我太太轉送給我，寫著：『您辛苦了！』」

我的經驗分享

徐永年 院長

回顧整體事件，我想以「瑞士乳酪理論」（Swiss Cheese Model）點出桃園醫院群聚感染事件的癥結點。

乳酪理論—災難是連串巧合串成的

每一片瑞士起司都有一些小圓洞，位置和大小不盡相同，常理來看，將很多片起司疊在一起，是無法透光，但如果層層乳酪中湊巧出現一組吻合的孔洞，讓一束光線直接穿過，就引發意外事件。而部桃設立多重院內感控防線，但幾個該守，卻沒有守到，以致釀成這場院內感染。

部桃做為中大型醫院，之前病房不夠專科化，這次事件發生後要全部歸零，並成立專科化病房，避免不同專科的病患住在一起。

一般中小型醫院「專科化程度不夠」，常因病床不夠，而交互簽床，內科病患可能住在外科、婦產科等其他科別病房，缺少專科化病房，就容易造成感控的破口。

再者，大部分醫師行程滿檔，早上八點之前巡房，探視住院病患，與護理師討論病情，接著至門診，有時被緊急召喚，會診其他科別病患。如果醫師為帶原者，就有如移動式的病毒傳播機，這也是造成部桃全院需清零的主因。

10

第十章

謝謝部桃

——學者專家評論部桃群聚事件

桃園醫院群聚危機　成為寶貴借鏡

第一時間　分艙分流未落實

學者專家看部桃事件

臺灣大學副校長暨指揮中心專家諮詢小組召集人張上淳。

專訪臺大副校長暨指揮中心專家諮詢小組召集人張上淳

二〇二一年初的臺大醫學院會議室裡，臺大副校長暨指揮中心專家諮詢小組召集人張上淳攤開衛生福利部桃園醫院平面圖，小小一張A4紙張，布滿縐摺和劃記。張上淳笑說，所謂疫調即是如此，匡列對象什麼時候開始有症狀、何時去過何地等資訊，都要不厭其煩寫下來。他指向密密麻麻筆記中的一處：「你看，這邊寫他（染疫醫師）下午有去過星巴克！」

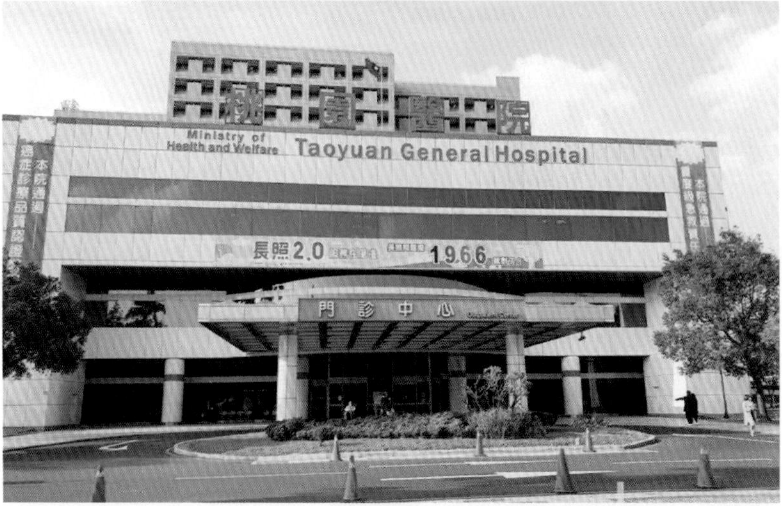

衛生福利部桃園醫院是距離桃園機場很近的醫院，是我國國門的健康守護神。

時間倒轉，回到二〇二一年一月桃園醫院群聚事件發生當下，張上淳接到訊息通知，桃園醫院有醫師染疫，他心中暗自推理：「他們醫院有收治COVID-19病患，且醫師可排除出國問題，最可能的就是院內感染。」另一方面，桃園醫院啟動通報流程，院方「設置HICS緊急應變中心」後，衛福部疾病管制署立即決定派遣防疫醫師進駐桃園醫院瞭解情況。

趕赴部桃聽取報告　拼湊病毒途徑

張上淳是衛福部傳染病防疫醫療網臺北區指揮官，管區涵蓋臺北市、新北市、基隆市、宜蘭縣、金門縣和連江縣，原則上桃園醫院不屬於他的管轄範圍。然而，身為國內感染醫學專家、指揮中心專家諮詢小組召集人，加上歷經SARS（嚴重急性呼吸道症候群）、H1N1新型流感兩次傳染病戰役累積了經驗，疾管署署長周志浩與張上淳討論後，仍請託

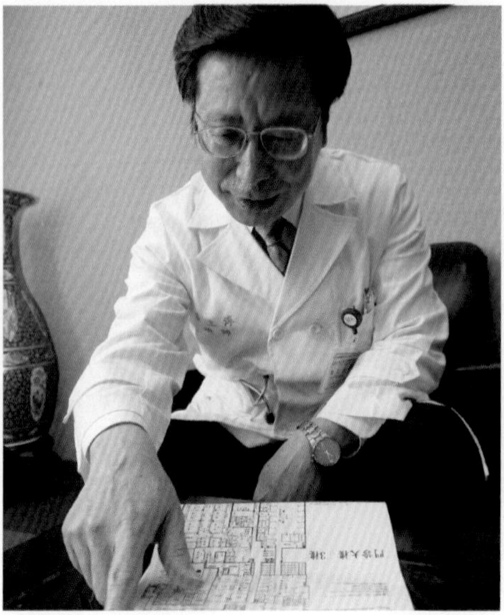

臺大副校長暨指揮中心專家諮詢小組召集人張上淳攤開部桃平面圖，紙張布滿縐摺和劃記。張上淳說，疫調即是如此，匡列對象什麼時候開始有症狀、何時去過何地，都要不厭其煩寫下來。

他前往協助，張上淳便於一場會議結束後，在桃園醫院群聚事件首日即趕赴桃園。

初抵桃園醫院，張上淳直奔十四樓會議室，會議室中桃園醫院院長徐永年、各副院長及感染控制室主任林宜君、護理科主任等人皆在場，其他可能曾與染疫者接觸的醫護人員，則透過視訊的方式參與。張上淳回憶：「他們在報告，我就在做筆記。」藉著繁雜瑣碎的事實片段，他拼湊著病毒可能的傳散途徑。

「他（染疫醫師）有到負壓隔離病房去照顧病人，之後幾天就出現症狀，相信是在負壓隔離病房中有發生事件，除了在病人插管時，他停留在負壓病房是否有狀況外，另一個可能的就是在脫除隔離衣的時候。」就算是「看不見的敵人」也難逃他的法眼，憑著經驗及專業，張上淳聽到染疫醫師已有症狀，卻仍持續值班，心裡涼了一截：「慘了！」他說，當時研判染疫醫師值班區域跨不同樓層，「就知道事情不簡單，接觸匡列的人會很多。」果不其然，很快的就傳出桃園醫院護理人員確診。

初期感染控制　執行「並不理想」

首次會議中，張上淳及與會防疫醫師，即和部桃院方討論並訂定策略，以期在疫情擴散初期有效防堵感染情形擴大。然而，張上淳感嘆：「幾天後再去看他們執行的狀況，老實說並不理想，分艙分流還是沒做好，有事情的單位還是有其他主治醫師進出。」至此，張上淳意識到事態即將升溫。

一般來說，醫院內感染群聚事件，應是由院內的感染控制系統自行處理，必要時由該醫院院長、副院長親自督導指揮，頂多由院長與網區指揮官保持聯繫，必要時請求指導或協助。在二〇二一年五月臺灣疫情擴大後，許多醫院都有規模不等的院內感染出現，張上淳就常接到網區內醫院院長打來商討感控策略。此外，張上淳說，二〇二〇年二月開始，一定規模以上的醫院都有收治COVID-19病患的經驗，對於避免院內傳播的原則，桃園醫院應相當熟稔。

然而，桃園醫院初期感控策略實施成效不佳，加上當時臺灣仍未發生社區感染，部桃事件自然成為全臺民眾關注焦點，指揮中心也傾全力協助，在發現桃園醫院自行處理的不夠理想，張上淳即建議該區的支援醫學中心林口長庚醫院派一個感控團隊予以就近協助，幾天後指揮官陳時中下令衛福部附屬醫療及社會福利機構管理會執行長王必勝進駐桃園醫院設立前進指揮所，張上淳即卸下「先遣部隊」的任務，後續經由每日電話與王必勝討論，以及每隔幾日一次的視訊會議，隨著疫情的變化及新的狀況，規畫各種防治作為。

人力、病房不足 分艙分流難落實

回顧當下驚心動魄的「戰疫」過程，張上淳點出桃園醫院群聚事件第一時間未妥善控制，甚至導致後來感染範圍擴大的癥結點：「分艙分流執行不夠徹底！」不過他強調，要達成完整的分艙分流，「對於絕大多數醫院而言，都是難上加難。」以桃園醫院為例，染疫醫師白天照顧病患時是在加護病房中的負壓隔離病房，夜間值班則調動至不同單位。

張上淳指出，讓臺灣多數醫院難以落實分艙分流的關鍵有二：「醫護人力不足」與「病房空間不足」。

當住院醫師人力不足，就會因院內人力調度而出現跨單位照顧病患的情形，且以值夜班時最容易發生。若醫院病房空間不足，最常見的情況是當有病患要住院，哪個單位有空位，負責病房安排的單位就會將病患安置至該處。因此主治醫師巡房時，就必須分別到好幾個不同的病房單位，且主治醫師責任繁重，平日還須在診察室執行超音波、內視鏡等檢查，每周還有固定門診，「即使是被安排去照顧負壓隔離病房的主治醫師，照樣需要看門診。」接觸對象多，一旦出現狀況，就增加了院內傳播病毒的風險。

桃園醫院群聚事件落幕後，院方在負壓隔離病房內增設加護病房設備，及簡易開刀設備等，作為專責負壓病房，期望降低病患移動頻率。有人認為此舉有如亡羊補牢，不過張上淳認為，一般醫院要建立整區的負壓加護病房相當困難，就連臺大醫院也是在SARS疫情後，才在舊院區增設，「對多數醫院來講，我覺得很不容易。」

網區應變醫院啟動　暫停其他業務

分艙分流難以實施，在大規模流行疫情臨到時，或將成為院內感染的潛在危險因子。張上淳說，正因如此，指揮中心在部桃事件後，強制要求分艙分流，並在必要時刻，啟動衛福部傳染病防疫醫療網應變醫院（後簡稱網區應變醫院）及縣市應變醫院。

張上淳解釋，網區應變醫院機制一旦全面啟動，該醫院就不必執行收治

COVID-19病患以外的業務，門診、洗腎等任務一概暫停，並由健保給予營業額保障，讓醫護無後顧之憂，全心投入染疫病患照護，「這時候，醫院就可以清楚地做到分艙分流。」

事實上，自二〇二〇年COVID-19疫情開始至今，臺灣僅於二〇二一年五月因社區感染爆發、確診病患大量增加而啟動網區應變醫院，張上淳透露，當時啟動的網區應變醫院加上縣市應變醫院就有廿三家之多。直到二〇二一年八月臺灣疫情平緩後，才暫停網區應變醫院的徵召啟動，讓各醫院回歸日常運作。

網區應變醫院或縣市應變醫院背後皆配有一家醫學中心級「支援醫院」，在應變醫院需要專業人員進駐、或協助安置病患時，支援醫院的人員及設備便會派上用場。

桃園醫院本身就是桃園市的應變醫院，不過桃園醫院負責應變醫院的部門位於新屋分院，張上淳說，因新屋分院人力不足，多數確診病患仍由桃園醫院總院收治。此外，桃園醫院的支援醫院為林口長庚醫院，在群聚事件發生一段時間後，便曾指派長庚醫院人員前往協助桃園醫院。

彈性變通疫調　擴大匡列對象

桃園醫院曾被質疑，院內感染初期匡列人員範圍太小。張上淳說，院內感染的防治要點之一，就是一旦疫情在院內擴散，應採取危機處理，不能僅以平常原則適用，「一直死守原則，你會錯漏一些東西。」他解釋，針對感染控制，疾管署訂有相關守則（即操作型定義），讓流行疫情處理經驗較少的醫護人員，在面對疫情危機時，有清楚的院內感染控制、監測指引作為依歸，用以判斷誰該匡列隔離、誰不用匡列隔離。

一旦危機擴散，張上淳說，有經驗者就應該視實際情況變通考量，例如接觸的密集度、監測對象有無配戴口罩等，做不同程度的處理。桃園醫院事件爆發初期，院內醫護採取操作型定義應對，事實證明可能會有所疏漏。因此，張上淳一到桃園醫院現場，便決定擴大匡列範圍，「只要有某種程度接觸，就應該進行採檢，甚至考慮加以隔離。」藉由更彈性的疫調策略，在許多感染訊息仍不明確的情況下，加強防守力道。

不怪罪醫護 視院內感染為必然

桃園醫院群聚事件，容易讓人聯想起二〇〇三年和平醫院因SARS院內感染而封院一事。曾參與「抗煞」的張上淳說，和當年的和平醫院一樣，即使認為有可以做得更臻完美之處，若染疫醫師出現症狀後不繼續值班，或許能降低疫情擴散規模，但一般而言醫院發生群聚事件通常不應怪罪醫院、醫護做得不好，例如在社區有大規模疫情擴散的情境下，院內感染就「一定會發生」。

桃園醫院群聚事件發生在臺灣疫情一片風平浪靜的時候，受各界高度關注，也成為日後臺灣各大醫院在二〇二一年五月疫情大爆發後，北中南各縣市陸續出現院內感染時的感控參考案例。

張上淳笑說：「不只醫院，媒體記者也都學到很多，變得『很會疫調』。」他謙稱，若不論學理及細節，疫調在大原則上要做的事很單純，只需要懂得比對、找出關聯性等基本原則。不過，誰都知道，要從千頭萬緒、難以核實的資訊中，梳理出合適的防堵戰略，絕非凡人所能做到，魔鬼通常藏在細節裡，在醫療處置的許多作業細節中，何處可能出現狀況。何處需要加以追查，就需要有經驗的專家，才得以全面掌控。

全球疫情蔓延已兩年多，桃園醫院群聚事件落幕超過一年，COVID-19病毒的威脅雖有減緩，卻揮之不去。「整體趨勢應該是人類要和COVID-19病毒和平共處。」張上淳說，關鍵是要在「不造成太大損傷」的前提下，達到和平共處，意即疫苗覆蓋率應達全人口百分之八十以上，「若貿然躁進，還是會付出代價。」

一貫的沉著，是張上淳面對捉摸不定的病毒時，最銳利的武器；他在部桃事件初

衛生福利部傳染病防疫醫療網北區指揮官黃玉成。

期親臨現場投下的定心丸，或許是讓這場持續四十四天的驚魂記平穩收場的重要因素。

專訪衛福部傳染病防疫醫療網北區指揮官黃玉成

部立桃園醫院群聚感染事件發生的第一天，以及它宣布恢復營運的第一天，都見得到衛生福利部傳染病防疫醫療網北區指揮官暨林口長庚兒童感染科主治醫師黃玉成的身影，他可說是見證桃園醫院從慌亂到雨過天青的其中一位專家。

二〇二一年二月十八日，黃玉成以衛福部傳染病防疫醫療網北區指揮官身分，與中央流行疫情指揮中心及疾管署專家，連袂來到桃園醫院視察，確認各項檢查無誤，正式對外宣布桃園醫院恢復營運！然而，在部桃院內群聚感染剛爆發時，黃玉成進去看到的桃園醫院，又是什麼的狀況呢？

二〇二一年一月十一日，桃園醫院發生首例醫師確診後，醫院立即成立「緊急應變中心（Hospital incident command system，HICS）」，由徐永年院長擔任指揮官暨召集人，快速在醫院運籌維幄各項工作內容，無論如何要在第一時間築起防火牆。而中央流行疫情指揮中心專家諮詢小組召集人張上淳，也在這一天緊急趕至醫院瞭解現況，當然疾病管制署相關人員及防疫醫師亦赴現場調查疫情。

這天晚上，中央流行疫情指揮中心指揮官陳時中，也召集相關人員召開緊急會議討論應處作為。

首例確診出現　匡列隔離並不嚴格

「一月十一日傳出第一個case出現時，我有陪張上淳教授到桃園醫院！」黃玉成說，其實那時候資訊還不甚清楚，他記得是由疾病管制署的防疫醫師先去醫院進行疫調，圈畫出和第一位確診醫師的接觸者，然後一圈一圈地畫出相關接觸者，那時候圈出可能接觸者的原則是「緊中帶鬆」，亦即有一點接觸，然後相處時間十五鐘以上者都被列入隔離對象，當然也篩檢了一些可能接觸到個案的員工，但仍不像後來部桃進行的擴大篩檢那麼嚴格。

直到一月十七日第二例醫師確診，「那時候真的就比較緊張了！」黃玉成說得直白：「桃園醫院所稱的分艙分流並未徹底執行，疫調人員原先頗相信部桃人員的陳述，有的醫院員工甚至認為事態並不嚴重，希望早一點恢復營運。」

原盼早日恢復營運　員工都要養家

畢竟，衛生福利部各所屬醫院也必須自負盈虧，當整個桃園醫院不管是減少門診或將輕症住院者轉出到其他醫院，對數千名員工來說，降載所減少的營收，多少會反映在員工薪水上，而每位員工的背後，就代表有一個家庭要養啊！

再者，黃玉成當時也有感受到一些氛圍：也就是桃園醫院自二〇二〇年一月臺灣出現首例COVID-19肺炎病患後，衛生福利部各所屬醫院在第一線肩負起收治全國百分之卅五確診病患的重任。

其中桃園醫院更收治了全國將近百分廿的確診病人，經歷將近一整年的重裝抗疫，「部桃可能自認經驗豐富，第一時間不相信，病毒最終也會攻占他們的醫院，甚至有的員工以為醫院一周後，就可以恢復正常營運了。」

黃玉成仍清楚記得，一行人剛到桃園醫院時，還一度計畫如果要派人進駐桃園醫院，該做什麼措施？主要是林口長庚曾在二〇二〇年三月發生一小波的COVID-19疫情群聚感染事件，可說有著當時全臺唯一COVID-19院內感染防疫經驗。

林口長庚小型感染　很快撲滅

林口長庚醫院的群聚感染事件是這樣的：二〇二〇年三月有一名確診病患到醫院治療，造成一名清潔人員及三名護理人員被感染。那時候，指揮官陳時中在記者會不小心脫口而出「林口…」兩個字，最後因為林口長庚醫院處理得當，很快地將群聚感染事件控制下來，病毒暴風圈並未造成長庚醫院的淪陷，只是使得林口長庚成為臺灣COVID-19疫情的首家院內感染醫院。

沒有蘿蔔沒有棒子　專家也無奈

一月十八日早上八點，黃玉成帶了長庚醫院前管理中心副主任暨護理部主任（現任顧問及董事）楊麗珠、感染科醫師黃柏諺、感染管制專員暨護理師林均穗等人進入桃園醫院，「我沒有蘿蔔、也沒有棒子，我說可以帶團隊進去協助看看，有問了一些細節，但部桃員工先是都說不知道，問了以後才知問題大了。」黃玉成不諱言那一天部桃的狀況令人擔心。

「不經一事、不長一智！」黃玉成事後分析，醫院裡的醫師，平常在臨床看診、替病患手術開刀就已經十分忙碌，還得撥出時間做研究發表論文，一個人當好幾個人用，若醫院又未曾發生群聚感染事件，再加上資訊不明確，細節沒有做好，「老實說，一開始會一團亂像無頭蒼蠅！」不過，黃玉成強調，這不能苛責桃園醫院，可能其他醫院遇到類似狀況，也會是出現相同的情形。

而長庚醫院體系在這一波COVID-19疫情驚濤駭浪中，暫時得以將船艦駛得平穩，其實也是經歷過一段慘痛歷史而換來的。

時光回到二〇〇三年，臺灣遭逢嚴重的SARS疫情，除了臺北和平醫院有醫護人員多人殉職；那一年三月，高雄長庚醫院林永祥醫師也因為照顧感染SARS的林姓婦人，遭到感染而去世，這使得長庚醫療體系後來非常重視新興傳染病的感染管制措施。

check list防感染　行政員工也是重要角色

「長庚有不少check list（檢核表）、都是為了這個！」黃玉成指出，長庚醫院在這一部分，除了醫療部門之外，連平時負責硬體的工務課及電腦課等部門，都要加入感染管制的檢核行列。因為事後證明，病毒在醫院流竄，除了人與人之間，環境更是重要媒介，病床、病房內桌椅、護理站電腦設備等都可能驗出病毒的行蹤，像和平醫院的感染源之一就是洗衣房。「醫院的行政部門對於控制疫情，比想像中的重要！」黃玉成解釋：「醫師可能只知道醫院管理的原則，行政部門的員工才熟悉細節，可以把所有事情串起來，甚至像關病房這類的事，都得靠行政部門才有辦法運作。」

黃玉成憑藉著林口長庚的COVID-19防疫經驗，提供桃園醫院一些建議，像是病患也要分艙分流，要拉起封鎖線，紅區和黃區不能交叉感染；醫院員工在外面把工作服換掉，洗好澡才能回家，或有的醫護人員乾脆睡在醫院；醫院餐飲區及美食街，要管制人流；部分樓層的病房電梯也要管制使用。

醫護憂重演和平封院 用廣播安軍心

此外，還有醫護人員對很多事情並不清楚，都可能人心惶惶。例如，不知道部桃事件發生的範圍有多大？醫護人員對和平醫院封院的歷史餘悸猶存，也很擔心重演封院事件，若被隔離會被隔離多久？萬一他們發病，會去哪裡隔離？甚至會希望在被隔離的時候，醫院應提供三餐和水果，這些可能醫院高層並未完全想到的細節，都會成為醫護人員當下認為是最重要的事。

其實，過去長庚醫院在SARS期間，都藉由一項很重要的工具—廣播來安定軍心，這也是黃玉成不藏私地分享給桃園醫院的感染管制執行眉角。

桃園醫院在這樣的混亂持續了七天，最後經由一連患措施，很快地在數天後按步就班把醫院穩了下來。「那時候二〇二一年一、二月，臺灣還沒有社區感染，桃園醫院病患可以轉出到部立醫院，還有請王必勝執行長擔任前進指揮所指揮官，得以指揮得動其他部立醫院，事情才能那麼順利。」黃玉成也點出了桃園醫院最後得以清除病毒的重要關鍵。

黃玉成帶給桃園醫院的check list，裡面有十項重點如下：一是病人分流，像是從急診進來的病患如何分流；二是人力分流，要分紅區及黃區；三是工作人員的健康管理與關懷；四是病人家屬的陪病和探病，必須重訂規定；五是陪病照顧服務員的健康監測與關懷；六是環境清潔程序及執行現況；七是病患使用的被服的管理風險監測，像是必須高溫七一度至少清洗廿五分鐘，低溫則是在七十度以下，再加上適當清潔劑清洗；八是防疫物資的儲存，是否符合規定；九是院內要有適合及足夠的管控和稽核制度；十是其他，比如專家團隊名單、員工的COVID-19小組名單，這十大項底下尚有細節，加加總總共有七十項。

感染管制教育演練　不能流於形式

黃玉成也分享一個心得，就是醫療院所常舉辦感染管制教育，「上課的時候大家常不會想聽細節，或回答都知道，但實際碰到狀況時就都不知道這些執行細節，亂成一團。」他認為感染管制的演練是要落實，而不是只有流於上課的形式，這也值得其

上騰生技顧問公司董事長張鴻仁。

他醫院做為參考。

長庚決策委員會主委暨林口長庚院長程文俊回憶說，當初為了協助桃園醫院清零，和確保其院內能徹底落實院內感控，長庚確實出動了不少人力前往協助。

他認為，防疫和院內感控確實必須從實戰中學習，在之前各大醫院面對病毒造成的院內感染，只有SARS的和平醫院有前例可循。和平醫院可以封院，可是病床多達四千多張、攸關桃竹苗民眾就醫的林口長庚醫院無法封院。所以二〇二〇年三月林口長庚發生COVID-19疫情院內感染時，醫院也還未獲准可以自行採檢，所以感染控制非常嚴峻困難；但也從中摸索出，如何在不封院、維持醫療服務的前提下，分區管制、分區清消的經驗，日後並成為其他醫院包括部桃處理類似院內感染的重要參考。

臺灣醫療體系發展長年受限於健保總額，練就了省錢本事，專家認為，藉由全球疫情的態勢，政府也該思考健保制度的改變，以期健保能夠長遠健全發展。

專訪上騰生技顧問公司董事長張鴻仁

擔任過中央健康保險署總經理、疾病管制局局長（現為疾病管制署）、食品藥物管理局局長（現為食品藥物管理署），華麗轉身到生技業，其臉書貼文也常被媒體轉載的上騰生技顧問公司董事長張鴻仁，以他嫻熟公部門運作，加上掌管國內數十億元基金的生技創投業資歷，為部桃群聚事件給予了宏觀建言。

防疫工作「結果論」不必事後諸葛

「防疫是一件『結果論英雄』的事，各國的COVID-19持續了兩年多，評論紛湧而至，但事後諸葛都很簡單，如未身處其中，實在難以評論當時哪些作為對或不對？」本身也是醫師的張鴻仁認為，外界不宜以單一事件來臧否桃園醫院院內群聚感染事件。

「其實我們都應該要感謝桃園醫院，因為先有這麼一次的小規模群聚感染，讓二〇二〇年一整年沒有疫情的臺灣，確實感受到COVID-19病毒仍然存在你我周遭，真的要十分小心！」張鴻仁說，桃園醫院的徐永年院長是很有經驗的院長，徐院長有多年在部立醫院擔任領導者的優秀經驗，也充分發揮在這次處理院內群聚感染事件上。

張鴻仁的看法是，首先，桃園醫院未曾經歷SARS的侵襲，依照醫院管理常態來看，不只是桃園醫院，只要是沒有經歷過一次病毒群聚感染事件的醫療院所，它們的感染管制標準作業流程就可能會變得越來越差；即使事先有上課或演練，遇到狀況來臨時，可能也是沒有辦法做得很好，因為醫院管理有句金言：「只要是人就會犯錯！」但犯錯不是罪過，而是要藉機找出根本原因後，來避免下次再犯錯。

降載與營收拔河　醫院也兩難

桃園醫院在事件發生之初，即採取很明確的轉出病患措施。張鴻仁說：「降載很重要！」醫院發生疫情，一開始不願意關診降載，可能都是為了營收的問題，大家可能以為醫院及醫師的收入豐厚，醫院哪可能有虧錢的問題？殊不知，臺灣在實施全民健保廿多年來，醫院都被限制在健保總額的框架下，「很多醫院常常在擔心虧損，也很在意健保總額的點值，」張鴻仁認為，要不是病毒已燒到「後院」（臺灣）來，醫院在疫情期間可能還不敢減少收治病患，因此醫院遲遲不願意降載的心情是可想而知的。

提到健保制度，張鴻仁不諱言，臺灣醫療體系發展長年受限於健保總額，練就了許多「省錢」本事，許多醫院都是靠停車場和美食街的業外收入，來彌補醫療業務的虧損，這是業界公開的秘密。但是，醫院是攸關生命存活的地方，又必須經常檢討制度來做預防整備，以迎戰像是COVID-19疫情這樣的突發狀況，這需要訓練，而訓練需要花錢，「像是訓練穿脫防護衣，訓練結束這些防護衣都得丟棄，對醫院來說都是成本，試問有多少醫院願意投資這樣的訓練？」

張鴻仁特別提到一段不為外界所知的過往，二〇〇三年六月臺灣SARS早已告一段落，前總統陳水扁在六月十一日接見美國疾病管制局（CDC）傳染病小組領導人麥隆妮（Susan Maloney）醫師，代表我國對於小組成員來臺協助SARS的防治表謝意，與會者見面時當然都會講互相稱許的客套辭令，但陳前總統突然話鋒一轉，詢問麥隆妮一句很關鍵的重點：「臺灣還有哪些地方是需要改進的？」與會細節經過多年歲月的遞嬗，在場者或許已不復清晰，但張鴻仁很清楚記得的一件事，即麥隆妮在那場會議上，有建議臺灣應設置防疫醫師，才有辦法在新興傳染病入侵時，得以迅速進行疫情調查、分析研判處置作為。

阿扁時代設防疫醫師 對抗新興傳染病

因此，時任衛生署長的陳建仁就修訂傳染病防治法、衛生署組織法、疾管局組織法，在疾管局（現在的疾管署）增設防疫醫師的編制，以和醫界同樣薪資水準聘請防疫醫師，一掃過去防疫決策只能仰賴外部專家，同時在疫情一發生時，可隨即派出防疫醫師進行疫調，每疫必與，儘快將病毒控制在可以掌握的範圍內。

然而，如同醫師之間的死亡病例討論會，可以讓年輕醫師從中學到寶貴的經驗，張鴻仁說，無論是桃園醫院事件或疫情期間發生的小規模群聚危機，都有值得其他醫院學習及借鏡之處。

二〇二一年五月十五日臺灣COVID-19本土病例首次破百時，網友開始在網路上流傳一句話：「看好了世界，臺灣人只示範一次，在兩週內解除第三級。」然而事實卻是，臺灣確診個案隨之增多，並陷入類似自主封城的街市景象，公司行號要求員工居家辦公，民眾減少出門逛街購物，直到同年九月這種現象才逐漸消失。

新北抗疫經驗 警政體系立功

張鴻仁說，二〇二一年初新北市疫情嚴重，後來新北市長侯友宜很快地將COVID-19疫情控制下來，「破口很快hold住！」他分析原因，控制疫情必須多管齊下，例如，來臺或返國人士需要到防疫旅館或居家隔離，這時候里長和警政體系就很重要，因為掌握這些被隔離者的行蹤是必須的，而侯市長來自於警政體系，自然指揮起來容易多了。另外，新北市衛生局長陳潤秋也是一位醫師，能充分掌握醫療資源，所以病患的醫療需求整備也能很快到位，迅速地將病患疏散到各醫院治療，然後逐一康復出院，也是新北市解除群聚感染危機的致勝點之一。

檢驗能量基本功　疫情來時好使力

張鴻仁也觀察到，這次COVID-19疫情凸顯國內檢驗能力的不足，檢驗能量與疫情調查的速度銜接不上！桃園醫院起初對於究竟要「普篩」或「廣篩」，院內員工都有不同意見。張鴻仁認為，從部桃經驗可以得知，全國的PCR檢驗能力平常就應儲備並且定期演練，不只可用在疫情這類大流行，其實每年都會有的流感疫情，都可以派上用場。

他說，過去醫院很少想到要投資設備及人力在「檢驗」這個項目上，因為要遇到一天做兩千例的篩檢工作的機會很少，但在疫情已成為全球生活日常的同時，不能再以原來思維投資防疫物資，而是要視為國防採購武器般的「勿恃敵之不來、恃吾有以待之」，亦即疾管署經常對外呼籲的「防疫視同作戰」的概念。

張鴻仁說，倒有一個例子是很好的模範，即二〇二一年六月、七月間發生京元電子、北農濱江第二果菜市場、萬大第一果菜市場群聚感染事件為例。當時前往支援篩檢的臺北榮民總醫院，即是師法過去捐血中心採用的「池化核酸檢測」（pooling PCR）「大量、速度、精準」採檢作業模式，因而能夠快速地篩檢數千人，其中宜蘭的國立陽明交通大學附設醫院也很快速地去商借檢驗儀器支援，才能及時應變處理大量篩檢。

醫療生技預算 應與時俱增

許多新思維及新做法，都需要經費的支持。

張鴻仁說，因為COVID-19疫情的關係，許多國家經濟成長率都呈現負成長，但臺灣在二〇二〇年的防疫做得好，經濟成長率為百分之三點一一，二〇二一年持續成長有機會成長到百分之五，等於是臺灣的醫療生技保護了民眾，而使得經濟成長率不至於呈現負值。

如以臺灣GDP（國內生產毛額Gross Domestic Product）產值廿兆元來算，一正一負就相差百分之十，相當於兩兆元，可見生技醫療業的價值，不只在保護民眾健康，對經濟更有深刻影響，政府及民眾都應投注更多資源在這個產業。

副總統賴清德寫了一封親筆信給桃園醫院院長徐永年及醫護人員，感謝大家堅守崗位守住不讓病毒肆虐。

次世代防疫計畫 腳步要加快

「臺灣接下來應該要有個次世代防疫計畫！」張鴻仁語重心長地說，這個計畫必須由行政院層級來規畫管理，結合國家發展委員會、疾病管制署、國民健康署、健康保險署等單位，盤點現況並健全臺灣的衛生所、機場檢疫站、PCR的檢驗能力、醫院的資訊系統、國內的P3實驗室，甚至是我們的健保卡更新，因為COVID-19病毒或其他新興傳染病不知道還會和人類共處多久。

其中以機場為例，不是只有設篩檢站就夠了，未來應是規畫機場篩檢系統，可以讓通關者在那裡接受篩檢，甚至或許需要留置數小時的，都需要空間及設備。此外，二〇二一年十二月臺灣發生中央研究院P3實驗室人員感染COVID-19事件，也曝露出P3實驗室數量及人

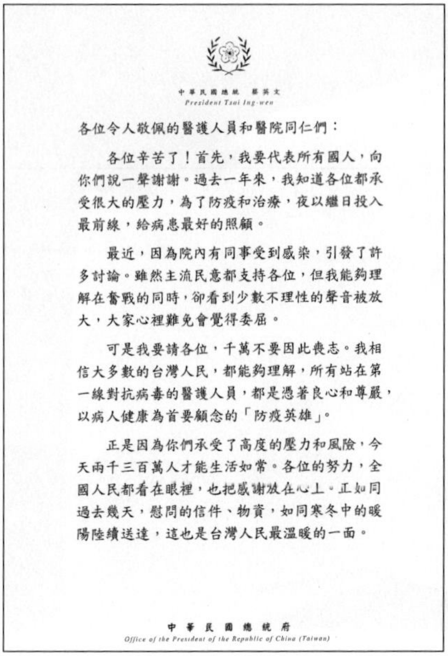

中華民國總統　蔡英文
President Tsai Ing-wen

各位令人敬佩的醫護人員和醫院同仁們：

各位辛苦了！首先，我要代表所有國人，向你們說一聲謝謝。過去一年來，我知道各位都承受很大的壓力，為了防疫和治療，夜以繼日投入最前線，給病患最好的照顧。

最近，因為院內有同事受到感染，引發了許多討論。雖然主流民意都支持各位，但我能夠理解在奮戰的同時，卻看到少數不理性的聲音被放大，大家心裡難免會覺得委屈。

可是我要請各位，千萬不要因此喪志。我相信大多數的台灣人民，都能夠理解，所有站在第一線對抗病毒的醫護人員，都是憑著良心和尊嚴，以病人健康為首要顧念的「防疫英雄」。

正是因為你們承受了高度的壓力和風險，今天兩千三百萬人才能生活如常。各位的努力，全國人民都看在眼裡，也把感謝放在心上。正如同過去幾天，慰問的信件、物資，如同寒冬中的暖陽陸續送達，這也是台灣人民最溫暖的一面。

中華民國總統府
Office of the President of the Republic of China (Taiwan)

總統蔡英文在桃園醫院群聚事件發生時，也特地寫了信給桃園醫院員工，盛讚他們都是防疫英雄。

員不足的窘境。

張鴻仁說，醫療生技業也算是臺灣的另一座「護國神山」，將這塊寶島上的人民，保護得更好，希冀也能成為全球的衛生模範生，在世界上揚眉吐氣。

附 錄

1 部桃群聚事件大事記（文字）

2 部桃群聚事件大事記（圖表）

3 部桃群聚事件病毒株特徵分析

4 部桃群聚事件檢討及精進五大措施

5 院內感染預防管理措施

6 強化醫院院內感染應變架構

7 優化疫調匡列採檢策略

8 試辦醫院接觸者自主提醒APP及其他資訊化管理措施

9 實施居家隔離一人一戶

10 結論

11 部桃群聚事件確診個案關係圖

12 徐永年院長的公開信

衛生福利部桃園醫院
COVID-19院內感染群聚事件大事紀

事件摘要

2021.1.11	衛生福利部桃園醫院（以下簡稱衛福部桃園醫院或部桃）確診第一起院內感染COVID-19個案。爾後之相關院內群聚個案，共計21位。部桃自疫情發生，先後隔離402位同仁，不但造成病人、家屬、員工與社會大眾不安，更嚴重影響部桃醫療運作。
2021.1.21	惟在中央疫情指揮中心之指導與支持之下，部桃於110年1月19至21日進行清空計畫，醫院病患只出不進，將74位部桃住院病患（非接觸者及居家隔離者）分別轉至12家醫院，完成疏散。 部桃僅留住院病患69人，採一人一室，以固定醫療團隊照護。門診內外科各開一診，急診則停止接受119急重症轉送任務，醫療服務降載至最低量能。
2021.1.22	部桃開始第一次進行醫院環境清消。2月1日至2月4日，第二次進行清消暨環境採檢，樣本767件，皆為陰性。
2021.1.25	1月25日、1月28日至29日，部桃之綜合大樓與護理之家，住民、員工及住院病患，悉數進行PCR篩檢，結果皆為陰性。
2021.2.3-5	部桃進行員工擴大PCR篩檢計畫（清零計畫），應採檢人員2691人，共計完成2690人（一位出國），結果皆為陰性。新屋分院同仁334亦全數採檢，結果皆為陰性。
2021.2.7-8	部桃進行員工血清抗體擴大篩檢，共計完成2360人，結果皆為陰性。
2021.2.19	業經近六周的努力，從設置「HICS緊急應變中心」、成立「前進指揮所」、討論「清零計畫」、執行「擴大篩檢方案」、辦理「醫院復原計畫」，到「復原啟動 防疫歸隊」，部桃全體同仁堅韌應對。 行政院蘇院長、衛福部陳部長與桃園市鄭市長蒞臨指導部桃「復原啟動 防疫歸隊」活動。部桃全面啟動恢復急診、門診與住院服務，重返醫療服務前線。

第一周　2021.1.11-1.17　HICS緊急應變中心

部桃HICS緊急應變中心會議。

2021.1.11

1 部桃中午接獲通報，案838醫師確診COVID-19陽性。
2 部桃立即成立緊急應變中心（Hospital incident command system, HICS），由院長擔任指揮官，成立相關分組及架構。
3 衛生福利部醫福會王必勝執行長、衛生福利部疾病管制署人員、桃園市政府衛生局抵達HICS緊急應變中心，瞭解現況，並予指導。

2021.1.12

1 衛生福利部陳時中部長勉勵部桃同仁：「請大家不要起氣餒，盡全力解決問題」。桃園市政府衛生局王文彥局長鼓勵部桃同仁：「轉達市長勉勵全體醫護人員辛勞、市府會盡全力提供必要之資源」。
2 部桃提出「現階段應變A計畫」，包含病房清空、緊急應變、門禁管制、病患採檢等必要措施，確實執行。另備有B計畫及C計畫，緊急應變。

2021.1.13

1 部桃院長轉達中央疫情指揮中心指示，部桃依照風險程度決定「擴大篩檢」對象。
2 部桃辦理ICU挪移規劃，包括病患動向、採檢結果追蹤暨病房清消與環境採檢結果。
3 部桃規劃辦理員工心理支持與關懷。

2021.1.14

1 部桃病房清消完畢（含紅、黃、綠區），各單位護理長確認狀況後，即時回報。

2 部桃HICS應變中心初步通過應變及復原計畫。

3 中央疫情指揮中心專家小組指示，桃園市擴大篩檢專案由政府公費支付，未列為專案者由部桃公費辦理。

2021.1.15

1 部桃HICS應變中心依照1月14日中央疫情指揮中心專家會議建議，辦理擴大篩檢之第一圈篩檢468人，並加採第二圈接觸者452人，合計920人。

2 部桃安排居家隔離員工入住檢疫所，共計39人，另有9人居家隔離。

3 關於媒體處理部分，一律依中央疫情指揮中心之新聞稿或指揮官回應。

2021.1.16

1 部桃另有兩位工作人員確診（醫師+7B護理師）。7B全病房21位護理師、專科護理師3位及其他人員5位，召回至檢疫所隔離，7B病房清空關閉。

2 衛生福利部疾管署疫調人員前往部桃進行疫調，確認匡列對象，開出居家隔離單57張。

3 部桃員工居家隔離80人，包括隔離醫師26名、護理師40名及其他同仁14名，分別入住各處檢疫所。

2021.1.17

1 因應醫護人員居家隔離，部桃辦理「門診時間調整規畫（急診照常運作）」、「雙主治醫師遠距照護」暨「員工發燒（或其他上呼吸道症狀）」之住院計劃。

2 部桃依中央疫情指揮中心建議，明確律定紅—黃—綠區，辦理就地分艙分流，限制醫護人員跨區；紅區出入口嚴格管制，出入人員造冊登記；門診檢查減量，門診手術停止，環境再次清消；提升管制防護措施，落實工作人員防護作為。

3 部桃加強辦理「非醫護醫事員工分艙分流」、「護理人力應變措施」、「隔離員工狀況追蹤」暨「全院員工自主健康管理」等方案。醫院提供關懷專線0905905751及門診開診詢問窗口分機2280。

第二周　2021.1.18-1.24　前進指揮所

由王必勝指揮官主持前進指揮所會議。

2021.1.18

1 中央疫情指揮中心指派醫福會王必勝執行長來院成立「前進指揮所」，下設七個分組。
2 部桃進行員工居家隔離、自主健康管理人數暨住院病患人數盤點。
3 部桃規畫病患轉出至他院，持續照護（清空計畫）。

2021.1.19

1 部桃確認住院病人轉院作業原則（清空計畫）。
2 部桃確認轉出病患PCR採檢情形，總計採檢病患154人，陪病人員110人。
3 部桃員工如出現症狀（如發燒或上呼吸道症狀），統一收住部桃專責病房區。

2021.1.20

1 部桃順暢病患轉出他院流程暨細節處理。
2 部桃確認居家隔離人數及匡列相關人員數。

2021.1.21

1 部桃經清空之病房，進行環境清消與靜置，完成環境採檢。
2 確認感控清消SOP及監測，盡速完成各樓層清消；落實病房人員照護暨分艙分流等管制措施。

2021.1.22

1 部桃調整醫院運作模式，門、住、急診持續採低量運作、只出不進、急診不收住院病人。

2 部桃今日總計疾病管制署（Centers for Disease Control. Ministry of Health and Welfare. Republic of China, CDC）匡列隔離人數279人，自主通報隔離14天有183人，合計462人。

3 部桃區隔門診大樓與醫療大樓之人流/物流動線管制。

2021.1.23

1 部桃回應部分必要需求，規畫門診特殊個案（如洗腎病人、化療病人）之來院治療處理流程。

2 執行隔離個案一人一戶原則，醫療大樓進行清消及分配員工住宿、動線管制與實名制造冊名單；綜合大樓盤點實質住宿情形，適時釋出空間供需要員工住宿。

3 場勘外宿旅館，盤點房間數量、動線及通勤路程時間，備用實施。

2021.1.24

1 部桃即日起全部住院病患（含醫療大樓、綜合大樓），暫不辦理出院。

2 確認員工居家隔離/解隔離名單。資訊組列出google表單中每人之隔離起迄日期，通知個別解隔人員，先行在家自主健康管理。

3 中央流行疫情指揮中心指示，即日起所有部桃員工及病患健保卡，健保署辦理註記。

第三周 3

2021.1.25-1.31 清零計畫

部桃執行清零計畫，進行員工PCR篩檢。

2021.1.25

1 部桃今日完成採檢護理之家（含住民、外傭及員工），計90位。
2 針對健保卡已註記之員工，若有就醫困難者，門診與急診照正常流程就診；需住院者，一律待採檢確認陰性後，進入病房。
3 確認12A工作同仁75位隔離，含醫師31位、專科護理師10位、護理師25位及病房其他工作人員9位。
4 集中檢疫所（未來）預計將改為員工解隔後宿舍，分區進駐。

2021.1.26

1 今日確認暫行隔離單位採檢人數，含放射科64人與外科系員工25人，共計89員。
2 設置24小時緊急醫諮詢平台APP，供病人及家屬諮詢。其中部分緊急醫療需求，配合部桃專案，安裝「健康益友APP」，方便病患使用。
3 統籌線上人力及預備人力（內科、外科、急診），分批上班與休息。護理分3組別，以上班7日，輪休14日為目標。
4 清消綜合大樓環境，人員進行採檢。員工及病患分別造冊，依每次採檢日期及結果比對確認。

2021.1.27

1 確實執行外包廠商人流物流之動線與分流管制，簽到及簽退於各護理站進行，避免聚集。
2 綜合大樓員工採檢已獲中央疫情指揮中心核可，即日起開始執行。相關資料提供部桃感控小組，檢體轉送昆陽實驗室檢驗。
3 部桃進行全院擴大篩檢方案討論（清零計畫），預定2月初辦理。其中，員工、外包廠商與居隔完成解隔離者等，由醫院負擔費用。員工家屬如需自費採檢者，採預約制。如無法預約者，可至其他醫院採檢。

2021.1.28

1 針對綜合大樓採檢後之處遇方向，擬訂應變計畫。其中，前進指揮所需儲備第二組人力作業。
2 綜合大樓由各單位自行清消，總務室備妥清潔用具及物資，感控室提供環境清消SOP。
3 預訂2月3日至2月5日進行全院員工（含外包廠商）PCR篩檢。以部桃立體停車場為篩檢站區，按10線進行採檢，檢體轉送昆陽實驗室檢驗。相關計畫由部桃感控室擬訂，呈提中央疫情指揮中心專家小組會議討論。

2021.1.29

1 部桃預定1月29日至1月30日進行綜合大樓清洗消毒，2月1日完成環境採檢。

2 部桃員工擴大採檢方案（清零計畫），確定於2月3日至2月5日之上、下午分成6個時段安排於立體停車場篩檢。2月1日中午前完成所有資料蒐集，是日下午開始通知員工進行採檢時間。

3 管制人員進出，運用QR Code，進行陪病者及探病者之資料登錄。

2021.1.30

1 部桃綜合大樓員工採檢率達百分之99（實採318／應採321），未採3人，由部桃感控室確實通知，盡速採檢。

2 確認員工擴大採檢原則，排除下列5項，包括綜合大樓員工、1月4日（含）至1月30日皆未上班者（如請育嬰假、留職停薪者）、2月1日（含）以後解隔離者、2月1日（含）以後有症狀的員工及尚在居家隔離者等5類人員。

3 部桃員工家屬（案907）確診離世，由護理科擬訂計畫，進行員工關懷，相關喪葬事宜由部桃協助處理。

2021.1.31

1 部桃員工PCR擴大採檢方案，擬增加血清抗體檢驗，由部桃感控室擬訂計畫，呈提中央疫情指揮中心專家小組審核。

2 辦理外包工作人員（如清潔、傳送及保全人員）之慰問金發放，肯定辛勞，鼓勵留職。

3 追蹤日前轉出病人（74人住院，8人確診）之狀況，彙整後續情形，諸如是否持續住院、出院、再入院、死亡或其他特殊狀況。

第四周　2021.2.1-2.7　擴大篩檢方案

4

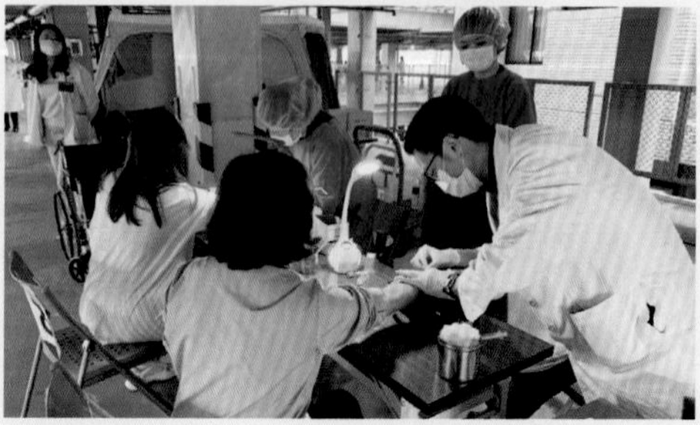

部桃執行擴大篩檢方案，進行員工血清檢驗。

2021.2.1	1 因應中央疫情指揮中心專家小組建議，部桃討論擴大篩檢方案（清零計畫）之PCR採檢與環境採檢進行方式；另血清檢驗案待專家會議討論後再行辦理。 2 PCR採檢預計2月3日至2月5日期間施做，依照部桃規劃提報中央疫情指揮中心專家會議。 3 環境採檢預計2月3日至2月5日期間施做，各單位應於2月1日至2月2日內部清潔。 4 新屋分院PCR及血清採檢，檢體皆送回總院檢驗。
2021.2.2	1 確認部桃擴大篩檢方案（清零計畫）全院應採2663人，預計實採為2136人（因已刪減日前1月30日所提5項之排除對象人員）。 2 部桃今日下午進行擴大篩檢方案（清零計畫）模擬演練。 3 詳細討論各項流程，以利擴大篩檢計劃順暢完成。
2021.2.3	1 部桃全日進行PCR擴大篩檢方案。 2 當日下午檢討擴大篩檢相關流程。
2021.2.4	1 部桃全日進行PCR擴大篩檢方案。 2 當日下午檢討擴大篩檢相關流程。 3 部桃辦理申請桃園市政府衛生局慰問金事宜。
2021.2.5	1 部桃今日上午進行PCR擴大篩檢方案。 2 追蹤未採檢PCR人員名單，確實執行全員完成PCR篩檢。 3 部桃討論擴大血清檢驗作業程序，計畫比照PCR採檢程序，預計2月7日至2月8日執行。
2021.2.6	1 部桃擴大篩檢計畫成果報告，全院PCR採檢2月3日至2月5日，應採檢2136支，已完成2135支（一位出國），結果皆為陰性。 2 部桃環境採檢，取樣門急診大樓樓梯間扶手、護理站、值班室等地點，醫療大樓共採585支、綜合大樓共採182支，結果皆為陰性。 3 中央疫情指揮中心專案小組同意部桃提出之員工擴大血清檢驗計畫，訂於2月7日至2月8日執行，血清樣本檢驗轉送昆陽實驗室辦理。

4 部桃討論醫院復原計畫，由部桃感控室儘速提出方案，呈提中央疫情指揮中心審核。

2021.2.7

1 部桃全日進行員工血清擴大檢驗方案。
2 當日下午檢討血清擴大檢驗相關流程。

第五周　2021.2.8-2.14　醫院復原計畫

前進指揮所指揮官宣布階段性任務完成。

2021.2.8

1 部桃全日進行血清擴大檢驗方案。
2 衛福部醫福會王必勝執行長宣布解除前進指揮所，醫院恢復正常運作。
3 部桃今日解除綜合大樓門禁。醫療大樓與門急診大樓之樓層管制取消，電梯全面恢復使用。

2021.2.9

1 部桃討論醫院復原計畫相關作業細節，臨床醫療作業擬於2月19日開始進行。部桃各醫療單位於是日前，完整清消暨確認各項儀器運作功能。
2 部桃即日起每日提交疫情數據，包括年假期間上班人數、營運量及病人留院數。
3 年假期間，部桃員工如有相關症狀通報，由部桃急診室負責評估。

2021.2.10

1 部桃進行2月18日北區傳染病防疫醫療網黃玉成指揮官來院訪查相關事宜討論。
2 部桃邀請國防部33化學兵群於2月16日至2月18日進行院內完整清消。
3 部桃院方重大訊息於部桃官網首頁顯目處公告，與員工宣達相關重要訊息，由mail及line即時公告。
4 部桃討論辦理後續員工心理復原關懷計畫。

2021.2.11-14 年假期間。

第六周 2021.2.15-2.19 復原啟動 防疫歸隊

行政院蘇院長、衛福部陳部長與桃園市鄭市長蒞臨指導部桃「復原啟動 防疫歸隊」活動。

2021.2.15-16 年假期間。

2021.2.17

1 部桃辦理2月18日北區傳染病防疫醫療網黃玉成指揮官暨專家委員來院視導事宜。
2 部桃規劃2月19日行政院蘇院長、衛福部陳部長與桃園市鄭市長蒞臨指導部桃「復原啟動 防疫歸隊」活動相關細節及流程。
3 部桃討論員工心理復原計畫，擬自2月17日起，分3階段進行至3月31日止。

2021.2.18

1 北區傳染病防疫醫療網黃玉成指揮官率專家委員來院視察，肯定部桃多項感控防疫作為。
2 部桃討論辦理醫院復原計畫之各項相關作業細節及流程。
3 部桃委請國防部33化學兵群於今日傍晚時分來院進行清消，主要區域為各大樓及門急診院區等。

2021.2.19

1 部桃今日上午辦理行政院蘇院長、衛福部陳部長與桃園市鄭市長蒞臨指導部桃「復原啟動 防疫歸隊」活動相關細節及流程。
2 部桃今日全面啟動恢復急診、門診與住院服務，並設置專責病房（7B）。新屋分院收治COVID-19病患（6床—10床），嚴格分艙分流。

國防部33化學兵群進行部桃環境清消。

部桃群聚事件大事記

1/11發現首位院內感染個案，2/23最後4位接觸者解除隔離結案，共44天

確診21名本土個案，包括2位醫師、4位護理師、2位病人、12位家屬、1位外籍看護

2家醫院出現院內感染

部桃員工隔離542人，回溯專案隔離3501人，社區隔離845人，合計隔離4888人

健保註記「門急住診病患」3327人，「部桃工作人員」3028人

1/18成立前進指揮所，於2/7解編，共21天

防疫計程車出動1035趟次，載運居家檢疫或隔離者就醫或採檢

陸軍第6軍團與桃園市合作完成7000處社區大消毒

部桃清零計畫：檢測PCR 3024人（含分院），血清2441人，環境767處，結果皆陰性

部桃群聚事件病毒株特徵分析

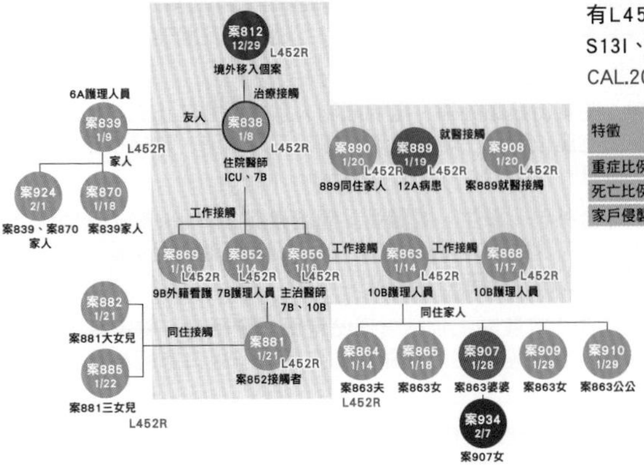

部桃群聚病毒共定序14案，均帶有L452R、I4205V、D1183Y、S13I、W152C突變，與加州變異株CAL.20C相同。

特徵	部桃群聚	加大舊金山分校研究	
		CAL.20C	非CAL.20C
重症比例	14% (3/21)	13%	3%
死亡比例	5% (1/21)	11%	2%
家戶侵襲率	22% (12/54)	35%	26%

加州變異株CAL.20C特徵包括：

1. 病毒量較高
2. 傳播力增加
3. 致病力增強
4. 可能使疫苗效力下降

Zhang W, et al. Emergence of a Novel SARS-CoV-2 Variant in Southern California. JAMA. Published online February 11, 2021

桃群聚事件檢討及精進五大措施

1. 院內感染預防管理措施
2. 強化院內感染應變架構
3. 優化疫調匡列採檢策略
4. 試辦醫院接觸者自主提醒APP及其他資訊化管理
5. 實施居家隔離1人1戶

院內感染預防管理措施

檢討項目	精進作為
分艙分流	專責病房醫護／行政／勤務人員不對外支援、不跨艙值勤。一般病房落實專科化分艙。檢查診落實門住診分流。
公共區域管理	人流管理：美食街鼓勵外帶、電梯限制人數並張貼禁止交談告示、候診室／會議室座位間隔。環境清消：每日三班清消、電梯按鈕保護膜增加清消頻率。
健康監測及加強陪探病管理	全院員工（含外包、學生、戒護員）體溫與症狀google問卷通報資訊化。陪病、探病須掃描QR code申請，須每日填報體溫與症狀。以上均由健康監測中心統一管理。
手部衛生	全院增設乾洗手放置點，包括護理站電腦／電話旁、會議室、值班室、更衣室、護長辦公室、餐廳等。洗手種子與口罩稽核員隨時提醒。
員工足跡／接觸	值班室、更衣室增設刷卡門禁。三月中下旬試辦接觸者自主提醒APP。

強化醫院院內感染應變架構

醫院發生院內感染事件之應變團隊組織

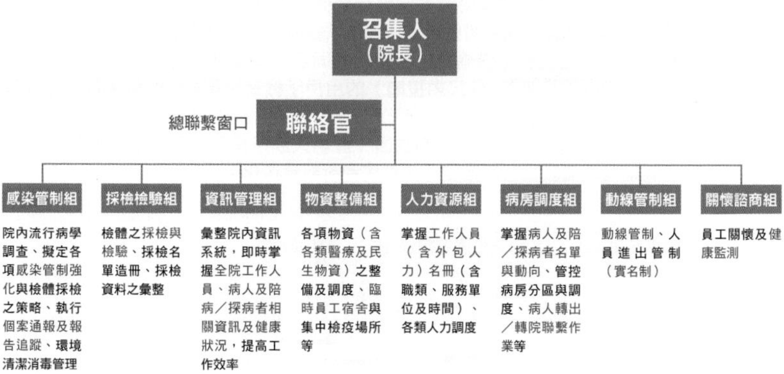

應變團隊召集人應由院長擔任，指揮統籌整體事件之應變處置與規劃，應變團隊可包含（但不限於）上列各分組，分組方式、各分組工作內容及組別名稱可由各醫院自行訂定

優化疫調匡列採檢策略

接觸者定義：專家會議建議，除狹義的「累計15分鐘」外，須考量距離遠近、確定病例病毒量高低、有無產生飛沫的動作（如咳嗽／打噴嚏／喊叫）及環境因素（通風／處於戶內或戶外／人群多寡）。此外，手部衛生執行狀況、有無環境汙染疑慮，亦應納入綜合考量

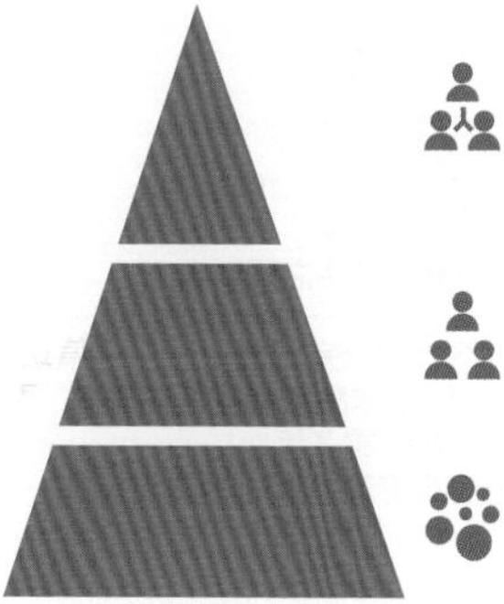

密切接觸者（居家隔離）

- 全面採檢一次，並於隔離期滿進行二採
- 病人若於隔離期間須出院／轉院，須先採檢確認感染情形
- 所有密切接觸者於隔離期間出現症狀者，須進行通報採檢

風險對象（自主健康管理）

- 依疫情調查結果匡列擴大採檢對象
- 於自主健康管理期間，加強採檢頻率和健康管理

暴露於受汙染環境者

- 依疫調結果擴大匡列風險對象或密切接觸者

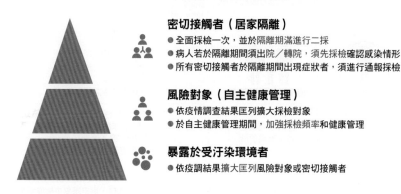

試辦醫院接觸者自主提醒APP及其他資訊化管理措施

接觸者自主提醒APP：

- **自主性**：自主下載、相關接觸編碼資料僅儲存於個人手機端28天，政府和開發端均無資料庫儲存個資，用戶可隨時刪除APP以維護隱私，降低使用者疑慮。
- **告　警**：利用藍牙技術記錄接觸編碼，若確診者同意分享編碼，則符合告警條件（如在院內曾與確診者於2公尺內接觸）的用戶手機會出現APP告警畫面，由用戶自主向衛生單位通報。
- **推　廣**：先由部桃試辦，以防疫獎勵為誘因，並納入感控指引，鼓勵重點醫院推廣，也包括其他資訊化管理措施（如陪病者資料資訊化）

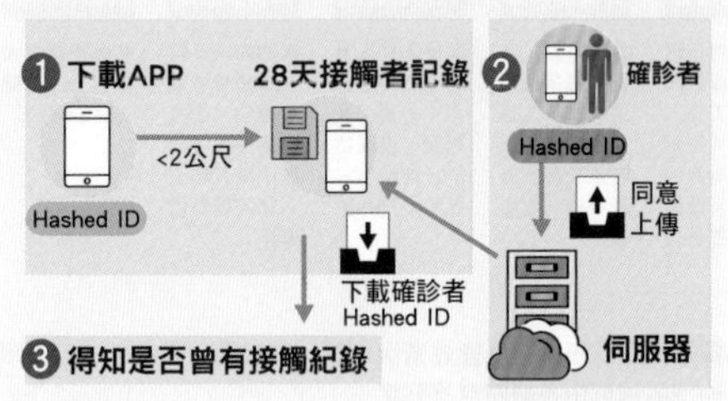

實施居家隔離1人1戶

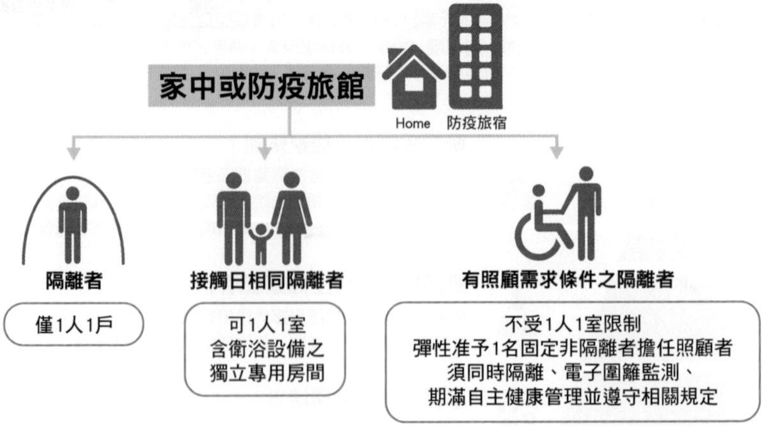

備註：無法於原住所入住者，由地方政府轉介防疫旅宿，經協調仍無法入住，則申請集中檢疫場所

結論

- **病毒持續變異，醫院和社區感染的風險增加**
- **記取教訓，預防院內感染事件重演**
  - 鞏固邊境、醫院、家戶和社區各面向防火牆
  - 滾動式檢討疫調和採檢策略
  - 結合資訊化工具，提升醫院管理效能
  - 維持醫療防疫第一線人員警覺心，優先提供疫苗接種

部桃群聚事件確診個案關係圖

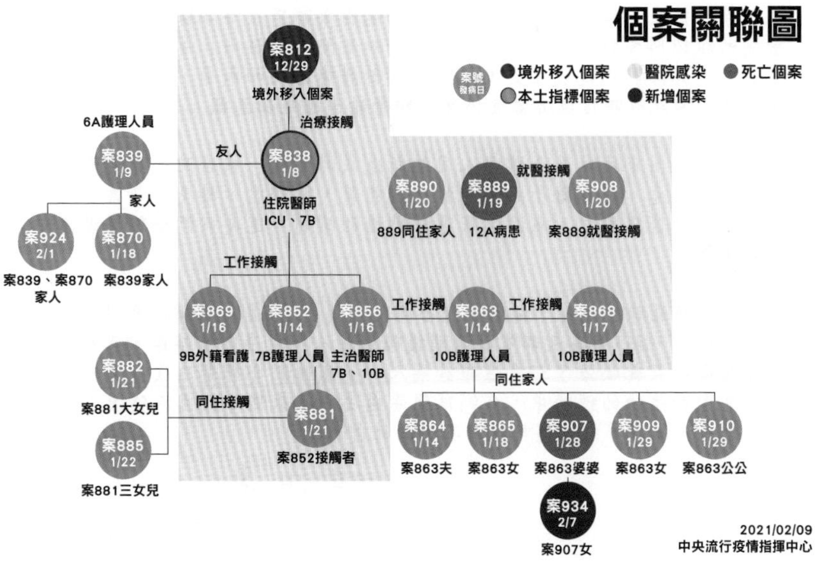

徐永年院長的公開信

各位國人同胞 您好：

衛生福利部桃園醫院作為台灣最重要的緊急應變專責醫院之一，全體醫護同仁都很榮幸能堅守崗位，善盡職責，在疫情前線替全體國人守護健康。

過去一周來，部立桃園醫院不幸有六名醫護同仁確診新冠肺炎，目前約有百名醫護及行政同仁正接受隔離。我除了對這六名守護最前線的醫護同仁致上敬意，並期待他們早日康復外，為避免院內感染擴大，院方也已經啟動一系列應變措施，關閉確診醫護同仁的活動病房，淨空樓層管制區域。目前負壓隔離病房的患者已經全數移出，其餘病患也將協助轉院，我們會用最快的速度將病患移出，以確保病患安全。

我要感謝社會各界對桃園醫院的支持、鼓勵與協助，尤其是蔡總統、賴副總統、蘇院長、阿中部長以及桃園市鄭市長等各位長官對桃園醫院的體諒與支持。這些日子以來，我知道院內醫護同仁承受的壓力非常巨大，但他們仍兢兢業業，且不畏懼新興傳染病的威脅，持續守護在第一線，因此我相信桃園醫院仍有足夠量能因應這次危機。

對於桃園市民以及全體國人同胞所造成的恐慌，我在此代表桃園醫院向各界致意。外界給予我們的批評與指教，我都虛心接受。身為以救人為己志的醫護同仁，我們沒有選擇戰場的權利，這是我們全體醫護同仁的共識。

面對新冠肺炎疫情，桃園醫院全體同仁從去年1月21日開始參與這場戰爭已一年，365天每天都有收治照護確診病人，在最高峰時期，我們甚至曾在同一天就收治了30多位確診病人，並讓他們全部都康復出院。在這樣豐富的收治的經驗中，我們很榮幸過去一年來能守護國人健康；我相信未來，桃園醫院也將持續扮演這樣的角色。

徐永年 敬啟

2021年1月19日

國家圖書館出版品預行編目(CIP)資料

關鍵44天：部桃抗疫經驗/廖靜清, 施靜茹, 許政榆, 李樹人, 林琮恩, 稅素芃採訪撰文；洪淑惠總編. -- 第一版. -- 桃園市：衛生福利部桃園醫院, 2022.04
面； 公分
ISBN 978-626-7137-05-5(平裝)
1.CST: 衛生福利部桃園醫院 2.CST: 傳染性疾病防制 3.CST: 嚴重特殊傳染性肺炎
412.471 111005193

關鍵44天—部桃抗疫經驗

出 版 者 衛生福利部桃園醫院
發 行 人 衛生福利部桃園醫院徐永年院長
策 畫 衛生福利部桃園醫院社會工作室

編 印 聯合報股份有限公司
總 編 輯 洪淑惠
監 製 吳貞瑩
主 編 施靜茹
企 畫 張羽萱
採訪撰文 廖靜清、施靜茹、許政榆、李樹人、林琮恩、稅素芃

攝影及照片 衛生福利部桃園醫院、聯合報攝影中心
文字編輯 黃瑜萱
美術編輯 何偉靖

地 址 330 桃園市桃園區中山路1492號
電 話 03-369-9721

I S B N 978-626-7137-05-5(平裝)
出版日期 2022年4月第一版第一刷
定 價 380元
印 刷 秋雨印刷股份有限公司